奇老乙 유고 시집

그래서 탈입니다

그래서 탈입니다

발행일 2015년 5월 15일

지은이 기 노 을
펴낸이 손 형 국
펴낸곳 (주)북랩
편집인 선일영 편집 이소현, 이탄석, 김아름
디자인 이현수, 윤미리내 제작 박기성, 황동현, 구성우
마케팅 김회란, 박진관, 이희정
출판등록 2004. 12. 1(제2012-000051호)
주소 서울시 금천구 가산디지털 1로 168, 우림라이온스밸리 B동 B113, 114호
홈페이지 www.book.co.kr
전화번호 (02)2026-5777 팩스 (02)2026-5747

ISBN 979-11-5585-607-9 03810(종이책) 979-11-5585-608-6 05810(전자책)

이 도서의 국립중앙도서관 출판예정도서목록(CIP)은 서지정보유통지원시스템 홈페이지(http://seoji.nl.go.kr)와 국가자료공동목록시스템(http://www.nl.go.kr/kolisnet)에서 이용하실 수 있습니다.
(CIP제어번호 : CIP2015013635)

그래서 탈입니다

유고 시집

북랩 book Lab

목 차

그래서 달입니다 / 7

제Ⅱ부 사과 / 83

그래서 탈입니다

골목길

∙∙∙

수박통보다더작은내머리속에는무한대의우주가하나들어있습니다에베레스트보다더높은산이있고태평양보다더너른바다가있고미시시피보다더긴강이있습니다내우주속에는내가보고듣고배웠던모든것들이하나도빠짐없이죄다들어있습니다심지어아직까지보고듣지도못했고또생각조차못해본기괴한것들도들어있어서실제우리가살고있는우주보다도더크다고자부합니다지평선과수평선도있습니다만그게어찌나광대하던지가물가물해서끝이잘보이지않을정도랍니다또시간과공간도있어서과거와현재와미래가있습니다따라서삶과죽음이있고저승과이승도있습니다그러니까도깨비와귀신도있다는말씀이되겠습니다그런데말입니다어인일인지내우주에는도로가나있지않습니다신작로도없고고속도로도없고기차가달리는레일같은것도없습니다어찌생각하면있는것같기도합니다만실제로찾아보면없습니다그러나가난한사람과불쌍한사람들만이모여사는뒷골목같은길은있습니다그런데그뒷골목이어찌나좁고복잡하든지마치헝클어진실꾸리처럼엉켜서좀체로길의가닥을추스릴재간이없습니다도내체어디시부터시작해서어떻게가야목적지에당도할수있는겐지통알수가없습니다그래서탈입니다

상여喪輿

수박통보다더작은내머리속에는시방상여가하나나가고있습니다밤새도록풀이파리에빚어논한방울이슬이하루한줄기햇살에숨겨버리듯세월에추방당한이방인의초라한상여가나갑니다시방태양이각혈한노을속을하얀촉루髑髏가이슬져수떨이는음산한마슬로저리숨가쁘게설운사연떨우며가고있습니다쇠붙이를잘도먹었다는송도의불가사리가뒷골목의창녀처럼부끄러운번식으로교태지어도눈먼신의손길은언제나불행엔외면하기마련인가봅니다밑바닥에깔리어밟히다가영영지옥의강으로침전돼버립니다어쩌면원통한육신을빠져나간영혼의귀향길일지도모릅니다언젠가는망각으로돌아가무너져버릴육체가아니겠습니까시방상여는초라한풍경으로가고나는성장을하고돌아온다하여도가는자와오는자의축제를위하여세월은기다리지않는법입니다그저저무는강물의계절만이바위사이사이를산간수흘러가듯비껴나갈뿐입니다그런데말입니다이밤사말고평행선을달리는기적소리는마치문명을악담하는듯들려오고자비로운낙막의창가에별빛으로흘러갑니다지금푸른꿈만가꾸어오던뒤뜨락의꽃밭에선누군가의간절한소망처럼낙엽이지고있습니다그래서탈입니다

산

⁂

수박통보다더작은내머리속에는하늘로하늘로발돋움하는산이하나들어있습니다도대체얼마나높은지감히측량할수조차없습니다언제나구름에가려서산정이잘보이지않습니다만하늘이내려앉은저산너머엔덥지도않고춥지도않고기쁨도슬픔도없고높은사람도낮은사람도없고있는것도없는것도죄다있을수없는그저암흑과광명이태동하는또하나의아슴한세계가있다고들합니다그러나알수는없습니다다만보이는것은빌딩보다더높은거대한암석이층층으로포개있고무한정으로깊은계곡이현기증을일으킵니다산에는수목이빽빽히들어서서단한번도사람들이밟아보지못한그야말로원시림인데숲속에는사향노루를비롯해서온갖짐승들이즐겁게뛰놀고날짐승이며벌나비들이훨훨날아다닙니다가위에덴동산보다더평화로운세계입니다그런데말입니다그언제부터든가평화롭던짐승들이며벌나비들이자취도없이사라지고나무들은온통낙엽이져서산이벌겋게변하고말았습니다언제나수목이다시되살아나고달아난짐승들이찾아와서예전의평화롭던에덴동산이될것인지통알수가없습니다그래서탈입니다

바다

⁝

수박통보다더작은내머리속에는三대양을합친것보다도더너른바다가하나들어있습니다그런데나의바다는참기묘한일입니다만사람들이들랑거리는대문이있습니다언제나그대문을활짝열어놓고온갖어별과조개와산호등속뿐만아니라심지어는해초가너울거리는심연의전설까지도타래박으로퍼올려놓고밤낮으로가난하고불쌍한사람들을맞이하고있습니다그리고는실오래기하나걸치지않고알몸으로길게누워서맥박치는가슴을열고하늘과달과별들을온통사랑으로감싸고있습니다또나의바다는태고처럼텅비어있는데멀리수평선이가물거리듯내마음도수평선처럼둥글어서기쁨이다하면슬픔이오고슬픔이다하면웃음이오고그래서영盈과허虛가생기는하늘과땅의섭리를마치성자의관용으로미소짓고있습니다그런데말입니다나의바다는유구한세월의뒤뜰에서종일토록몸부림치고있습니다만스스로의정열을불사르는영원한예술품을만들어낼수없습니다그래서탈입니다

매미

수박통보다더작은내머리속에는매미가한마리살고있습니다그놈은큰정자나뭇가지에딱붙어서밤낮으로웁니다세상이왜이리덥냐고지천으로울어쌉니다그울음소리는호수의밑바닥까지꿰뚫은투명한빛깔입니다매미는그렇게속시원히울수가있어서7,8월의땡볕에도용케견디는가봅니다그울음소리음량音量의파도에실려돛배하나가둥둥떠갑니다아마유년의추억이담긴고향으로가는가봅니다그돛배는수평선위에서아른거립니다마는내가진정쉴곳은어디에있는지울수조차없는나는피멍진가슴을물어뜯으며이렇게속울음을울고있답니다두손을가슴에얹고조용히들어보아도이제매미의울음소리는한서린전라도의육자배기도아니고또두동강난서러운우리겨레의가락도아니랍니다그런데말입니다어찌들어보면매미의울음소리는우리네조상들이쌓올린어느내밀의석탑이세월과함께와르르무너져내리는그런위태로운소리로밖에는들리지않습니다지금이시각에도매미는끊임없이울고있습니다이놈도필시그의조상이있을텐데이조적그의조상들도그렇게울었는지모르겠습니다그러나나는매미처럼속시원히울수가없습니다그래서탈입니다

장미꽃

수박통보다더작은내머리속에는무한대의우주가하나들어있습니다그우
주속에는내가태어나면서부터한그루의아름다운장미가자라고있습니다
그런데그장미는땅속에뿌리를내리고자자양분을빨아들이는것이아니라
괴이하게도남의고통을밟고희열을얻어내며그일그러진미소의외곽지대
에서한떨기장미꽃을피웁니다그래서몸뚱어리에저리도사나운가시가있
는가봅니다그러나그장미꽃속에는갓난아기의지순한재롱과신라적우륵
의가야금소리가함께살고있어서장미꽃은마치태초의하느님말씀과같다
는생각이듭니다그래서나는꽃잎에묻어있는신의지문이두려워서더가까
이가지는못합니다장미꽃이담장가에피어있고나는바로그앞에서있지만
장미꽃과나의거리는이승과저승만큼이나멀어보입니다가만히귀를기울
여봅니다어디서철철철시냇물소리가들려옵니다시원한소리입니다불현
듯나는개울물속에두발을담그고싶어집니다그런데말입니다나는도대체
언제쯤이나비뚤어진넥타이를고쳐매고스스럼없는자세로장미꽃의미소
를배울수있을것인지통알수가없습니다그래서탈입니다

빨래

⁝

수박통보다더작은내머리속에는빨랫줄이하나걸려있습니다그빨랫줄에는생활의찌꺼기가디룩디룩묻어있는빨래들이제멋대로걸려있습니다어느날자정이넘은시각에코가비틀어지게퍼마신어느놈팽이가하필이면개가오줌을싸는전봇대옆에서있다가때마침순라하던순경의수하소리에놀라그만엉겁결에나빨래요그랬답니다자인생을이만치아는자또어디있겠습니까사실우리인간에게서의식이라는것을전지하고나면우리에게남는것은오직젖은빨래뿐입니다하늘이열리고나서태초에사악과수치의중간선상에서의복이란게태어나서그것이인류문명을탄생시키고그문명과땅의함수관계속에서빨래가등장한것입니다그리하여땀과생활의찌꺼기가인간을횃대로삼고말라서는의복이되고젖어서는빨래가되어한번은빨랫줄에한번은몸뚱어리에이렇게목숨이다할때까지반복하고있습니다그런데말입니다내일을위해어제와오늘을횃대에말리지만요상한바람이글쎄의복의껍데기만말려놓고알맹이는여전히젖은상태로서울의거리거리마다빨래들만오가고있습니다그래서탈입니다

제五계절

⁂

수박통보다더작은내머리속에는또하나의무한대한우주가들어있습니다
실제우리가살고있는우주에는四계절밖에없습니다만내머리속에들어있
는우주에는五계절이있습니다봄여름가을겨울그밖에네계절을죄다합친
또하나의계절이있습니다그래서五계절입니다현대는공존하는시대입니
다민주주의와공산주의가공존하듯이또백인사회와흑인사회가공존하
듯四계절도함께공존하는시대가되었습니다서초동비닐하우스에서봄이
한창헛웃음을팔고있었는데노량진야채시장에서는탐스런오이가한여름
을구가합니다어디그뿐이겠습니까함박눈이내리는서울의가난한뒷골목
에는원숙한가을의미각이겨울과함께다정히누워있습니다자이쯤되면四
계절을합쳐버린또하나의계절이생긴셈이아닐까요이처럼하늘의섭리가
마치고장난첩보위성처럼궤도를잃고우리집부엌냉장고속에서창백한얼
굴을하고숨어있는꼬락서니가되었습니다그런데말입니다이렇게제五계
절이또하나생기고나면이제하늘은과연어느절후에황홀한무지개를드리
울것인가망설일것아니겠습니까그래서탈입니다

시골버스

수박통보다더작은내머리속에는시골버스가한대굴러가고있습니다버스가무슨도시버스와시골버스가따로있겠습니까마는시골버스는유달리촌티가납니다그렇지만안가본데도없고못갈데도없는만능버스랍니다5일장장날이되면유달리포만증에걸린시골버스는온종일항문으로가스만배출합니다초승달이차창을기웃거리면시골버스는더욱신이나서마치어둠속을자맥질하듯비포장도로를열심히달려갑니다버스도나이를먹으면공무원들처럼정년퇴직해야겠지만아마정년퇴직대신에시골에가서요양이나하라고시골버스란꼬리표를달아주었나봅니다그래서고속도로는아예엄두도못내고종로나미도파앞길같은데도영달려볼자격이없습니다그런데말입니다장돌뱅이취객들과한꾸러미생활을쌓아둔시골아낙네들만싣고마치전설과도같은신작로를부르릉부르릉힘겹게달릴뿐입니다아예정류장도없고손만들면그저아무데서나태워주는시골버스는산촌만큼이나인심이후해서좋습니다서울사람들의목숨은귀한것이고시골사람들의목숨은천한것이라면사람밑에사람있고사람위에사람있다는말이아니겠습니까무엇은만인앞에평등하다는말은결국고치잎으로눈을가리고아웅하는격이아니겠습니까그래서탈입니다

셰퍼드

수박통보다더작은내머리속에는셰퍼드가한마리살고있습니다인간의후각의삼천배도넘는다는예민한코를가지고있는독일산셰퍼드입니다그놈은온종일쿵쿵냄새만맡고다닙니다그런데그놈의예민한코끝에는가슴팍이너른사람일수록비린내고린내노랑내구렁내온갖잡동사니가함께썩어가는요상한냄새와게다가문명이랍시고송장냄새허며심지어는거짓말같은하얀냄새까지걸려든다니아얼마나놀라운사실이아니겠습니까그래서나는그놈이내냄새를맡을까봐서오장육부가사시나무떨듯떨리다가속이뉘엿뉘엿뒤틀려오면내목구멍에서는휘파람새가다운답니다그런데말입니다한가지이상한일은길바닥에떨어져있는돈뭉치도줍지않는지지리못난나의친구하나는비가오나눈이오나비지땀을흘리며허리가휘도록일을해도입에풀칠을못한답니다그런데그친구한테서는인간의후각의삼천배도넘는다는독일산셰퍼드의코를빌려서쿵쿵냄새를맡아보아도통고런냄새가나지않는답니다글쎄냄새가안나는사람은배가없고요상한냄새가많이난사람은똥배가부르대서야어디쓰겠습니까그래서탈입니다

영원

수박통보다더작은내머리속에는무한대의우주가하나들어있습니다그우주는물론영원한것입니다영원이란도대체무엇이냐그야영원은바로영원일따름입니다그래서영원이란당초에아무도모른것입니다알고보면해와달도영원이고산과들도영원입니다빈항아리도영원이고무명초풀이파리도실상은영원입니다그러나너와나의영원은따져보면유한입니다유한과유한의합은무한이고무한과무한의합이영원입니다그리하여유한은나의세계가되고무한은남의세계가되는것입니다따라서나의세계와남의세계의합이영원입니다그러므로무한을아는사람은나를아는사람이요영원을아는사람은남을아는사람입니다이얼마나어려운말입니까나는유한속에살면서무한으로가고남은무한속에살면서영원으로갑니다그래서영원은당초에아무도모릅니다영원히알수없는것그게바로영원입니다그런데말입니다유한도모른사람들이어떻게무한을알수있으며무한을모른사람들이어떻게영원을안다는것입니까그런데도그주전없는사람들이함부로영원이란말을남용합니다그래서탈입니다

강물

수박통보다더작은내머리속에는밤낮으로흘러내리는강물이하나들어있습니다아흔아홉굽이골골의물이합수져서이룬크고긴강이랍니다상류는어찌나맑고깨끗하든지새우며가재며심지어는피라미새끼들이유영하는모습까지환히들여다보입니다이윽고강물이평야지대를지나면서는이내젖줄이되어마을마다골고루자양분을나눠주며낮은데는채워가고높은데는깎아내고스스로를넓혀가며그렇게지혜로운몸짓으로흘러갑니다이때만해도고기떼들이헤엄치고별들이간간이내려와서이야기꽃을피우다가곤했습니다하구언이가까워지면서부터는강폭이무한정으로넓어져서피안이가물거릴정도로장강이되었습니다강폭이넓고수심이깊어서유달리큰어별들이서식할터이고불가사이한네시라도살고있을법합니다그런데말입니다그어디께를지나면서부터든가강물이좀씩흐려지면서고기떼들의유영하는모습이보이질않고간밤의별들도모조리강물에빠져죽고말았습니다이제는완전히흙탕물로변해서새우며가재며피라미새끼는고사하고집채덩이만한고래도잘안보일지경입니다모든것을포용하고관용자의미넉으로유유히흘러가시반강물도세월처럼역류할수가없어그구슬같은강물을다시는볼수가없습니다그래서탈입니다

가을비

⁝

수박통보다더작은내머리속에는무한대의우주가하나들어있고그우주에서는시방가을비가내리고있습니다밤새도록견고한이빨로물어뜯던하늘에서어쩌면눈물보다도더진한가을비가내리고있습니다마치가을비는숱한시신들을합장한향수의결정체가아니면우리인간들의망각의총화같은것이아닐까요지금은밤이아닙니다만이어두운오물처리장에서나의후각이기능을잃어버렸습니다화장실에오래앉았으면구린내를못맡는이치와꼭같습니다능금처럼썩어가는우리네생활에서습진이곪아터진것같은뒷골목거리에서모든어제의썩은자죽을지워내려는하늘의인술仁術입니다그런데말입니다사막의모래톱위에세운삼국시대의석탑이어딘가오욕의벽안쪽에서빛소리보다더큰소리로석탑이무너져내리는소리가들려옵니다하루가수묵빛으로침전되고만물이조용히잠든것같은오밤중이어서유달리크게들리는것같습니다밤새도록날카로운손톱으로할퀸가슴팍에서피보다진한가을비가내리고있습니다모든살아있는것들의마지막숨을거두어갈듯이말입니다그래서탈입니다

마네킹

수박통보다더작은내머리속에는마네킹이하나무표정하게서있습니다내
가철이든해에그놈이태어나서나와함께아무의미도없는듯이이세상을살
아갑니다그놈은때로는트래픽시그널아래서키를잡고이험난한세상을헤
쳐나가는집념이대단합니다그놈은엉겹을미소하다가코끝이문드러져도
하등스스럼마저느끼지못해서오히려정감을느낍니다나는시방무수한층
계를걸어올라왔습니다그러기에꼭걸어온계단만큼지쳐있습니다만내가
저마네킹을닮아서무표정한표정으로차라리이집트의미이라가되었으면
합니다대낮을엎어서한밤중을만들어도내정맥속을흐르는피가검은색을
띤것은비단밤이라서그런것만은아닙니다어쩔수없는카인의후예이기에
이렇듯슬픈것입니다그런데말입니다우리가오늘을살다가어느골통품수
집가의감정에내일을맡긴다해도끝내는체납으로하여차압당하고말무화
과같은인생이아니겠습니까알맹이가없어서서글픈마네킹과껍질이찢어
져서외로운나는어쩜헤어날수없는사장된진열품인가봅니다그래서탈입
니다

천칭

수박통보다더작은내머리속에는천칭이라는저울이하나들어있습니다그런데그천칭이어디가고장이났는지아니면인력의조화가스며있는지아무리무거운추를올려놓아도꺼떡도하지않습니다그게무슨마음이있어서내가올려논물건을달아보고싶지않다는겐지아니면그것이평형을잃어버린탓으로슬퍼서그런겐지통알수가없습니다이천칭은도대체얼마나큰추가있어야기운눈매만큼의그것과맞먹을것인지가령지구를한개쯤포개놓으면이천칭이제기능을발휘할수있을지모르겠습니다아무래도모를일입니다나는분명히근시도아니고원시도아니고더구나사팔뜨기도아닌데차라리개눈을이식해야할지모르겠습니다그런데말입니다내머리속에들어있는천칭은아무래도열병을앓다가돌은것같습니다아니면난파선의멎은나침반처럼우리네사회의명암의농도를달다가그만이렇게굳어져버린것같습니다아무튼뉴톤의예지가번득이는능금한개를누가갖다놓으면이천칭은형평을되찾을수있을것인지모르겠습니다그런데꼭그만큼의무게와맞먹는능금이어디가있겠습니까그래서탈입니다

한국어

***

수박통보다더작은내머리속에는무한대의우주가하나들어있습니다그안경을쓰고이세상을보면참으로요지경속입니다안경이없을때는아름드리당산나무밑에무지는차라리순수로통하고순수는숱한인정의꽃을피웠습니다만안경이생기고나서부터는7호활자가초호超號로둔갑을하는신문에서부터문명은자꾸만하늘로치솟고사람들은오그라져서땅바닥을기어다닙니다내시력은0.2하얀색깔은능히투시하지만적록색엔약하답니다그래도난시가아니어서참으로다행입니다그런데말입니다빌딩이올라가는높이에따라내안경의도수도덩달아올라가고안경의도수가올라간만큼자연은바래어빛을잃어갑니다사뭇도수높은안경을콧등에걸쳐보아도가까운것은통보이질않고구름이걸린먼산만보입니다그래서탈입니다

기적

⁂

수박통보다더작은내머리속에는무한대의우주가하나들어있습니다그우주속에는온통기적으로꽉차있습니다나같은사람은이세상에나밖에없는데여권도없는주제에언어가통하지않는먼이국땅에서추방되지않는다는것은참으로기적입니다강물을따라밀려온세월이내가저지른죄업의씨알여서어쩜치외법권을인정받아왔는가한발짝만옮겨도난삽한외래어의간판이홍수처럼쏟아져들어오고아직ㄱ자도못그린손주놈의웃도리에서영문활자가유난히돋보이는데이제는로터리에서도비린내가나지않는세상이되었습니다그래서뒷골목이고앞골목이고간에히피족의난무만함부로피어납니다그런데말입니다세균이무한정으로번식하는이온실같은세상에서나의깃발이곰팡내를풍기고있는데오랜가뭄으로하여내가슴이균열지고산과들이꽝꽝메말라버렸는데파계破戒가결코죄일수없겠습니다만정녕이사회에마리아의기적은없을것인지통알수가없습니다그래서탈입니다

소나무

*
*
*

수박통보다더작은내머리속에는소나무가한그루자라고있습니다평지나
계곡에서자라고있는것이아니라내가이세상에고고의소리를내면서부터
형성된산마루에덩그마니서서바다를굽어보고있습니다그소나무는하
얀눈발을뒤집어쓴채독야청청자라고있습니다봉래산제일봉에낙락장송
되었다가백설이만건곤할제독야청청하는기상으로그렇게서있습니다소
나무처럼나도허리를펴고서봅니다만자랑만으로이세상을살수없다는이
비극을미처깨닫지는못했습니다여인네들의손톱에칠한빨간매니큐어는
치부를가리는카무푸라지이구요우뚝솟은콧날위에고슴도치털로만든
속눈썹은순수를가리는액세서리랍니다그런데말입니다그것도모자라서
입술에는거짓사랑을짓이겨서만든립스틱을빨갛게칠하고눈두덩에는참
사랑을훔치다가피멍진자국을그렸으니말입니다저소나무에한겹껍질을
입혀놓으면아득히먼동해바다에서정녕굴원의어부가가들려올텐데외골
진나는소나무에또하나의껍질을입힐수가없습니다그래서탈입니다

박쥐

⁝

수박통보다더작은내머리속에는박쥐한마리가살고있습니다전설의꽃잎이피기시작하고짐승들이서로힘을겨루던시절에그박쥐는기는짐승이이기면기는짐승처럼기어다니고날짐승이이기면날아다녔습니다그러다가들통이나서두짐승의세계에서밤의계곡으로쫓겨났습니다어쩌면꽃뱀의혀끝에문명의파편이작열灼熱하는한낮이두렵고사탄의유혹이무서워서저스스로어두운밤을택했는지도알수없습니다어쨌든내머리속에서사는박쥐란놈은실제우리가살고있는이우주속의박쥐처럼늘밤에만활동합니다지금이순간에도지구는돌아갑니다만내머리속의우주역시지구의회전속도만큼똑같은속도로돌아갑니다그래서지구가돌아가는그자전속도를따라서아메바는번식합니다그래서이세계에나내머리속의세계에나아메바는가득차있답니다이것이악의씨앗입니다이아메바가박쥐의먹이가되어야겠습니다그런데말입니다박쥐는어차피눈이퇴화해서부신햇살은보지못하는이상아예두눈을감아버리고강물에떨어진달빛이나주워먹고여기사념思念의언덕이랄수있는이못된사회에서밤에만꿈틀거리는악의씨앗을쪼아먹고산다면얼마나좋겠습니까그런데내머리속에살고있는박쥐란놈은선의새순을잘라먹고아메바를분비물로내놓는답니다그래서탈입니다

거울

⁝

수박통보다더작은내머리속에는언제부터인가거울이하나들어있습니다
거울은내마음을고시라니사로잡아서내마음의숨은밑바닥까지들춰내
는잔인한심술을갖고있습니다어디그뿐이겠습니까내머리속에들어있는
거울은마치컴컴한밤하늘에서번쩍하는엑스레이처럼구차한내피부를꿰
뚫고내심장의박동까지세어보는그래서내가살고있는비밀을알아보는별
난재주도갖고있답니다나는꼼짝못합니다내행동의하나하나가심지어는
나혼자서살째기생각해보는것까지도모조리내거울이들춰내버리니내가
어떻게평안히살수가있겠습니까누구나사람이란비밀을가질수있는자유
가있는데나는그자유가완전히박탈당해버렸습니다그래서나는꼼짝달
싹을못하는거지요거울은어찌생각하면잔잔한바다위에돛단배하나가
유유히흘러가는평화의사도같기도합니다이거울이있어서사람마다저만
이갖고있는은밀한생각을함부로행동으로옮기지못할것입니다뉘감히거
울앞에서서함부로거짓말을할수있습니까그런데말입니다나는거울앞에
서면당초에잘못된우화羽化과정에서진정나일수없는또하나의나를보는
것같아서괴롭습니다내머리속의거울은추한것과아름다운것을함께등
분等分하고처음부터없는것까지를관용으로포옹할줄아는합장하는성
자聖者입니다그런데그속에비치는추한몰골은그게진정나일것입니다만
마치내가아닌또하나의나인것같아서큰입입니다그래서탈입니다

선술집

⁂

수박통보다더작은내머리속에는무한대의우주가하나들어있습니다그우주속가난한뒷골목에는언제부터든가선술집이하나생겼습니다말하자면조상의너울이한낱사치스런대사로딩구는골목안의선술집입니다어찌보면그선술집은나라裸裸한원시생활같기도하고현대문명을대변하는죄업의산실같기도합니다하여이곳은 바쁜세월이이빠진사발가에서잠시주춤거리는망각늪지대또해괴한인생들이여기이합집산하는노정에서저마다삶의처방전을찾아헤매다가가엾게도한마리나방처럼분신자살하는곳이기도합니다생각해보면우리가산다것은어느만치살다가권태를느끼고또어느만치살다가다시권태를느끼는그런권태와권태의교체가아니겠습니까그래서사람들그권태에서빠져나오기위해서그저해만설핏하면여기골목안의선술집으로찾아드는가봅니다그런데말입니다저몽롱한달빛으로짜디짠인생을안주하면서값싼막걸리를마셔보아도여전히권태는다시권태를부르고허구한나달실의의대화만되살아남습니다그려그래서탈입니다

모닥불

수박통보다더작은내머리속에는무한대의우주가하나들어있습니다그우
주속에는구원의정화같은것이훨훨타오르고있습니다그불빛은외딴집단
칸방에서스스럼없는자세로순수를핥는호롱불은아닙니다회한과한숨이
불꽃처럼치솟다가등피알에응혈되는그런램프등도아닙니다조름이깔린
산촌의어느간이역에서찢어진차표를맞춰보는날타리의고향형광등은더
구나아닙니다나선형거리에서검은심지에인생을점화하고사탄의지혜로
단절된부조리를잇는네온사인은더더구나아닙니다모두가아닙니다그러
나영원히사그라지지않고훨훨타오르는불빛은분명불빛입니다밀물로왔
다가썰물로가는낙도의등댓불같은훨훨타오르는마지막내가슴의모닥불
은바로그것입니다그런데말입니다고층빌딩과함께문명은자꾸만하늘로
치솟고사람들은모두자벌레가되어땅바닥을기어다니는무슨무슨만능의
시대가되어황폐화된사회가되고말았습니다내가슴에구멍이숭숭뚫려서
외풍이세차게불어듭니다그래서구원의정화와도같은내가슴속의모닥불
이풍전등화처럼가물거립니다그래서탈입니다

시냇물

⋮

수박통보다더작은내머리속에는무한대의우주가하나들어있습니다그우주속에는시냇물이하나흘러내리고있습니다봄에는잠자리꼬리만큼하루날빛이길어지면강물은좀씩설레기시작합니다강변에서는고운님오신날구비구비허리를펴고수양버들은고전무용을춥니다소리개는하늘을날고고기는연못에서뜁니다엊그제세운전신주에는통화수만큼늘어선제비떼가있고발밑으로스쳐간정화는뚝뚝강물로집니다다리난간에서있으면계절의엽신葉信반쯤벙근살구꽃가지하나를소롯이꺾어보고싶습니다여름에는스스럼없는하동河童들이놀다간한낮의광장이되고곱고싶은여심이때묻은하루를빨래하고나면흰구름머흐는부푼강물에푸른꿈이잠깁니다종달새울다지친여운이갈앉은자리에분홍빛설계도는길섶에피고별들이천고를엿듣는사념思念의언덕에분화구는활화합니다세기만큼너와나의사이를내마음의가교여구원의다리를놓아다고가을에는지열이안으로영글어서나뭇잎은그래서충혈되고나비는갈곳이없어난간을맴도는데버들잎은강물을따라어데로흘러갑니까성장한여인들의흐트러진축제속에난절된순간이멍멸히 는데어울물이시린내마음추녀끝에은빛구름이걸리고여인들의정화가스스럽습니다방자야어서호롱불을서둘러라어디서조랑말말방울소리들려온다그런데말입니다겨울이되면동짓달강물은고향을잃은잠자리의마지막나랫짓입니다강물에씻긴청춘이여윈맵시로남아서가벼운경련을일으킵니다간밤의태풍으로허리가끊긴전신주반은묻혀살여울인데통화가끊긴너와나의사이를동짓달강물은흐르고눈대신내리는가랑비를맞으며나는난간에서서홀로조종을듣습니다그래서탈입니다

걸인

수박통보다더작은내머리속에는무한대의우주가하나들어있습니다그우주속에는내가이른바철이란것이든이후부터남루한옷을입은걸인이하나살고있습니다그걸인이살면서부터내우주에는지루한장마철이되었습니다애초엔하늘의뜻이아니었는데알수없는그여인이소외지대에서울고있는탓입니다우산을받치면내마음교외로낙숫물이집니다가난한자에복이있나니정녕그여인은비상의나래를접었나봅니다거리의가각의시계는일제히두손을벌리고더딘시간을좇고있는것같은하오세시사십오분쯤이었습니다그녀는하필이면은행창구모퉁이에서장마를피하고있었습니다결코우연은아닐것입니다은행창구에쌓인지폐뭉치가千년을다시千년을두고외길의통로밖에모른탓일겁니다그런데말입니다우리가살고있는이우주와마찬가지로내머리속의우주에도지름길이많이있습니다수많은지름길에서딱하나만이가깝게갈수있는지름길일것입니다잘못택하면오히려빙빙돌아서고생만하고목적지에닿지못합니다어쩜그여인은지름길을잘못접어든게아닐까요잘못접어든그여인은달래줄육친도없습니다그래서날입니다

사철나무

수박통보다더작은내머리속에는무한대의우주가하나들어있습니다그우주속에는사철나무가한그루자라고있습니다내가어린시절그누구도모르는내마음산등성이에한그루사철나무를심었던것입니다그사철나무는계곡의음악소리를들으며오리온성좌를우러러보며무성한가지를폈습니다그런데황홀하리만치휘황찬란한태양은아득한전설처럼묻혀버리고영돌아오지않는화살이되었습니다무한은미소하며다가오는데어디서서릿발같은찬바람이불어와서나의사철나뭇가지가산산히꺾이고말았답니다나는사하라사막같은이사회에서요철한세월을방황하면서마치길을잃어버린철새처럼떨고있었습니다내우주속의해와달이표정을잃고전쟁이지나간산정에는그순하디순한비둘기떼의시체만즐비하게깔려있습니다그런데말입니다언젠가는이런산등성이전지된나의사철나무가지에서도부활의영험이꽃필날이있을것입니다그땐나도푸른옷으로갈아입고학을한쌍불려들여둥우리를틀고사는것을보고싶습니다그러나그고상한학이과연찾아올지알수가없습니다그래서탈입니다

五월

⋮

수박통보다더작은내머리속에는무한대의우주가하나들어있습니다그우주속에는우리가실제살고있는우주처럼계절이있고일년열두달의달이있고날짜와요일도있습니다그것들이실제우주의절후를따라서똑같이진행되고있습니다지금은머리카락이촉촉히젖어오는五월달입니다따라서내머리속의절후도5월달이랍니다五월은참한임의뜻이희열로물살져흐르는계절의몸짓입니다애떤이파리의눈매마다지순한목소리같은것이촘촘히박혀파랗게아주파랗게물들어오는애타는소녀의연가같은것입니다하늘이찢어져서태양의정열이쏟아지면높으디높은내마음꼭대기로알알이흩어지는그것은마치목마른인생의흑진주같은것입니다그런데말입니다끝없는하늘의섭리가강심에서뒤채는파도처럼환히열려있는내가슴의창문으로이렇게맥박쳐오는데말입니다五월은내정열의아뜨리에처럼구원으로향하는한점완성된화폭이아닌가싶습니다그런데어인일입니까나의사랑스런5월이그만진행을멈추고말았습니다그러면진초록무성한녹음을볼수없다는게아니겠습니까그래서탈입니다

편지

⁂

수박통보다더작은내머리속에는무한대의우주가하나들어있습니다그우주속어딘가호젓한곳에편지한통이놓여있었습니다내가몇해를두고쓴긴사연이담긴편지랍니다내마음겉봉에속달우표를붙여서우체통에놓으면행여낙원에사는낯설은친구라도받아줄이가있을까몰라서그냥보내봤습니다그런데내가우편번호를알수가없어서편지가갈곳을몰라이밤반려되어오면나는틀림없이등걸만남은고목같은것이되어잃어버린마음을마저잃어버릴까걱정입니다아시겠습니다만내편지가갈곳은흰구름머흐는거기강물따라도론도론의초로운취락의마을이있고장독대에빈항아리빈항아리곁에멜랑콜리가있는바로그런집입니다그런데말입니다그런마을그런집사람에게는우편번호가애시당초없다고들합니다그래서나는편지를보내놓고시방애타게답장을기다리고있는중입니다툇마루에발꼬고앉아서호젓이귀팝이나파고있으면행여우체부가날부를지도모릅니다까치야와서울어라산까치야와서울어싸라염원이사이처럼간절합니다만까치가영영오지않는것이아마낙원에사는낯설은친구가편지를못받은모양입니다그래서탈입니다

굴뚝

수박통보다더작은내머리속에는무한대의우주가하나들어있습니다그우주속에는덩그마니높은굴뚝이하나서있습니다예전에는그굴뚝의꼭대기에서마치제련소의그것처럼연기가폭폭솟아올랐었습니다천고의비밀을안은황홀한서해의강심에해저의도시가율동치는항구그것도군산항구에서였습니다빈월명공원에무료히서서대안의장항제련소를바라보며나는마치무연탄굴뚝처럼쉼없이연기를내뿜고있었습니다석탄백탄타듯이내가슴도불멸의정념이타고있었기때문이지요그것도그리메를삼킨밤이었습니다그때만해도내굴뚝은영험이있어찌꺼기만타고그알찬사리만은타지않고그대로남았습니다그리하여불빛하나만을추구하고사는나는한자루의촛불이되어가슴속환히창문을환히밝혀주었습니다그런데말입니다서해의파도는환상의촉수로강속에갈앉은도시를애무하고그래서사랑의욕정을몰고온강바람은메아리로화답한것같았습니다어디서여인의신음소리가들려온듯했습니다그러나지금은내가늙어버렸습니다밤에뿜어내는이상열기속에서이제는배기통이막혀버린무연탄굴뚝이되고말았답니다그래서탈입니다

옹달샘

수박통보다더작은내머리속에는무한대의우주가하나들어있습니다그우주속에는내가이세상에태어나면서부터산기슭양지바른곳에옹달샘이하나생겼습니다좁은하늘이열리고태고로통하는건널목같은시점에대도시에서보는그런철제대문이아니라지순한싸리문이새벽의빗장을풀면마치환영아치밑에서구렛나루수염을휘날리는개선장군처럼뽐내고나서면어디서승전고가울려온다논두렁밭두렁길을지나서선사시대의유물이혹고였을지도모를지혜로운옹달샘물로아침의갈한목을축이고나면어제의요사스러운찌꺼기가말끔히씻겨내려갑니다그러면사슴을닮아서긴내모가지에산간수의태고적반주소리가솔바람으로감겨옵니다제발여우는내려와서는안됩니다오직한쌍의토끼만이마셔도좋을이옹달샘물에나는소중히간직한비밀을내일을위해띄웁니다그런데말입니다새벽마다비밀을띄운그옹달샘이그만오염이되었답니다어느얄미운재벌이마구중금속물질을흘려보내서땅속에서더럽혀졌다니빨간눈을가진토낀들갈한목을축일수있겠습니까인제여우들만득실거리는곳이되고말았습니다그래서탈입니다

빈민굴

수박통보다더작은내머리속에는무한대의우주가하나들어있습니다그우
주속에는우리가살고있는이세상에서처럼빈민굴도있답니다그빈민굴은
숱한사연들이죄업의나뭇가지에매달려우는인습因習의거리입니다또희
미한가로등이고독을반추하고한류가휩쓰는동토와도같은곳입니다어찌
보면허기진어미의뱃속에서빈씨알로태어난것이아니면조상이지은죗값
으로하여알못밴깜부기로결실의계절에서추방된사람들만이모여사는곳
이기도합니다꽃이라곤한송이도피울수없는이가파른낭떠러지에서3월
같은대화는차라리먼아라비아의신화에불과합니다바람따라세월이가면
이땅에잔인한봄이다시온다지만오늘과내일이삐그덕거리는뒷골목빈민
굴에는초라한이방인의영상으로이골목은어쩜지옥으로통하는건널목인
가봅니다지폐의냄새를줍는새큼한인육시장만아메바처럼번식하고시방
그안에서는시방부도수표거래가한창입니다그래서산보다더높은내빈가
슴의낭떠러지에오싹한기만스며옵니다그래서탈입니다

가교架橋

⁝

수박통보다더작은내머리속에는무한대의우주가하나들어있습니다그우
주속에는나와또하나의내가함께살고있습니다멍든사연들이엷은광선을
안고육중한도시의가슴팍에우윳빛모색을깔아가는시각이되면나는으레
흘러가는의식의강줄기를따라심령이맞닿은절벽으로올라갑니다그러면
한맺힌염원들이한그루나목으로떠는저낭떠러지에초라한모습을가누고
울며서있는또하나의나를만나게됩니다시방유리창에비치는내마음길섶
에는하얀눈발이쌓이고있습니다만마주보는나와대안의나와그사이를가
로막는한류가흐르고대안의나는서럽게서럽게울고있습니다숙명처럼지
닌저피멍진눈물자국이바로내것일수밖에없습니다그러니어찌합니까그
래서나는서러운얼굴로찢어진너울을쓰고시간의여울목에서서성거리고
있습니다그런데말입니다인종忍從을다스리는어느고풍한산사의인경소
리가마치청동색으로사운대는바로그곳에우리가만나야할서로의가교를
놓아야합니다마지막산을넘는엷은햇살이숨지기전에나의육신과나의영
혼을하나로묻우어야합니다그리하여내가네가되고네가내가되고그런날
이막막한황무지에햇빛을불러들여고래등같은우리의집을지어야합니나
그것이나의필생의염원입니다그런데그게맘뿐이랍니다그래서탈입니다

고향

수박통보다더작은내머리속에는무한대의우주가하나들어있습니다그우주속에는내가어려서자랐던고향도있습니다내마음속의어딘가하늘로통하는정상에보름달이떠있고내가슴속어딘가포근히갈앉은밑바닥에해맑은호수가깔려있습니다그리하여포롬한달빛이호수에떨어지면잔잔히일어나는물무늬사이로은빛은어가뛰고그위에쪼각배하나를띄우면수평선아득히고향이아른거립니다갈가마귀하늘에날고날개밑에어둠이묻어오면댓이파리서걱이던고향의하늘이다가옵니다세월이허비고간상처만남은반세기를고향이성큼내앞에와섭니다그런데말입니다내가어른이되어서고향이저리작아보이는가아니면내가이제늙어서거꾸로근시안이되었는가통알수가없습니다오목패인곳에전설을감추고四백년의수령을자랑하던정자나무도내가어렸을적에는저렇게다정히서있지는않았습니다느티나무한낮에코를골던순수는가버리고전혀고향을닮지않은어린이들이떼지어놀면서나한테서는휘발유냄새가난다고싫어합니다대숲은여전히사운대어도하얀귀밑머리휘날리는고향의하늘에허전한맘뿐입니다그래서탈입니다

삼대三代

수박통보다더작은내머리속에는무한대의우주가하나들어있습니다그리고그너른우주속에서三대가다정히살고있습니다지팡이로간신히세월을지탱하면서할아버지는어린이놀이터로가십니다손주놈은그네에올라어제와오늘을오가고나는어린이와할아버지와그사이에우두커니서서한짐무거운짐을양어깨에지고있습니다짓눌려서허리를못펼정도입니다꼭한번만젊어졌으면할아버지의무딘눈언저리에서어린시절이경련을일으킵니다할아버지가말씀하시기를태고라천황씨이전에는반고盤古가있었느니라새금파리나주워서깽매기를치고놀았느니라꼭그때였습니다어린놈이그네를밀어달라고합니다세월이부딪쳐금속성을냅니다어린이가노래를부릅니다나비야나비야이리날라오너라나하고놀자바둑아바둑아저리뛰어가거라너하고뛰자그런데말입니다나는바로그중간지대에가냘픈일직선을그려놓고발랄한햇빛을등에업으면한가지엄연한사실은어린이놀이터에서三대가함께논다는것뿐입니다생활의짐꾸러미에눌려서내가할아버지가될날이꼭올것같습니다그래서탈입니다

혼혈아

수박통보다더작은내머리속에는무한대의우주가하나들어있습니다그우주속의지구촌아시아극동지역에여전히깨알같은대한민국이끼어있습니다어느날나는소꿉친구를만나러경기도평택읍엘갔었지요비정의도시기지촌말입니다노랑나비가신고간어린시절이다시금즈믄해에걸려오는그런시각이었습니다어쩌다그때나는못볼것을하나보았답니다고향도이름도없는그런씨알을말입니다분명두영혼사이에는빙산의한류가흘러도매케한지폐의냄새를줍기위하여습기찬뒷골목에독버섯으로서있다가그만우연히주운씨알이지요흑인의피라고검을턱이없고맥박은꼭같은모양으로뛰어도기쁨과슬픈사연만은서로의가슴속에나눠가질수없어서더욱서러운공주로태어났는가봅니다그런데말입니다이미산화된토질인것을금비만먹고자란사과나무에딸라가뿌리고간검은씨알들이도대체무슨죄가있답니까어미의아픈세월을피부로물려받은죄밖에는없습니다그들은한낱엄연한역사의증언자일따름입니다고향도이름도없는저검은씨알을우리는입술에립스틱도안바르고서그저혼혈아라고간단히내뱉습니다만그알량한어른들이빚어낸모조품의실패작이아니겠습니까어그리코리언들말씀좀해보세요고향이없으니그들은어디로가야합니까그래서탈입니다

코

⁝

수박통보다더작은내머리속에는무한대의우주가하나들어있습니다나는그우주를다스리는제왕과도같은존재입니다내우주에는대낮뿐만아니라오밤중까지도잠들지않는거센바람이불어싸서나는이렇게눈을뜨고있답니다대낮에도코를베어갈세상이란말이있지요내얼굴중에서기중잘생긴콧날이아직건전히붙어있다는것은참으로기적과도같은일이아닐수없습니다그래서나는언제나요렇게눈을뜨고잔답니다누가내코를베어갈까무서워서지요엘리베이터를타고하늘로하늘로올라가는고층빌딩스카이라운지로는담쟁이넌출이사기어오를수없겠지요너무높아서말입니다그런데말입니다문명의높이에따라서반비례하는어제의순수는땅바닥에깔리어짓밟히고땅바닥이라야어디땅이있습니까제아무리강인한잔디라지만어떻게돌덩이로만든시멘트를뚫을수있습니까그래서자라목처럼움추린내모가지에간신히얼굴이붙어있고내얼굴의한복판에매달려있는코는지금꼭석자두치나빠져있습니다그래서탈입니다

낙엽

수박통보다더작은내머리속에는무한대의우주가하나들어있습니다그우주에도춘하추동의계절이있고황량한가을이되면낙엽이수직으로떨어집니다떨어져서사뿐내어깨위에앉습니다그런데그낙엽은기묘하게도양어깨위에한잎씩이랍니다하나는아내에게가는몫일것입니다나는귀를기울여봅니다내어깨위의낙엽에서가는숨소리가들려오는듯합니다마지막남은생명을가르는처절한몸부림소리일것입니다푸른이파리는또하나의푸른이파리를위하여살아가듯이낙엽은또하나의낙엽을위하여그렇게죽어갑니다벌레가파먹은낙엽일수록남은가을이잠자리꼬리만큼가을이묻어있고토라진여인의목소리가묻어있습니다그런데말입니다춘초는연연록인디왕손은귀불귀라사람은가고못오는것이아니겠습니까해마다이파리는피어나는데사람은가고못옵니다그러나나는조금도두렵지않습니다이파리가떨어져서밑거름이되듯이나도떨어져서밑거름이되면그걸로만족합니다말인즉그렇습니다만과연내인격이그정도가되느냐가문제입니다그래서탈입니다

무명초無名草

속에는한시대의몸살을앓다가아무런미련도회한도없이시들줄아는무명초가살고있습니다그무명초풀이파리에서는할아버지적냄새가납니다할아버지들의수효만큼이나오손도손한데모여서구수한사랑방이야길나누다가시종무한으로향하여손짓을합니다어찌생각하면이름을가진풀이파리는제법똥깨나뀌다가가슴에훈장을달고죽은자의넋이고이름이없는풀이파리는그저아무렇게나살다가밑바닥에침전된무명씨의화신일것입니다저밤하늘의무수한잔별들을쳐다보면이우주가영원하다는것을알수있습니다만그속에살고있는우리는하루살이같은존재라는걸실감케됩니다하루살이는고작하루를살면서지루하다고느끼는미물인데우리는7·80년을살면서도짧다고생각하는철부지가아닙니까그런데말입니다우리는한결같이땅바닥을기어다니다가날개도없으면서용케하늘을날다가이윽고땅속에묻혀서내일이면또다시무명초로태어날것입니다그러면서도이름이없는것을서러워하고되도록이면큰이름을갖고싶어합니다그래서탈입니다

교과서

수박통보다더작은내머리속에는무한대의우주가하나들어있습니다그우주속에는한예쁘장한소녀가썰물이지나간모랫벌하얀백사장에서조약돌을줍던그고운손가락으로교과서를넘기고있습니다가슴에훈장을달고화려하게죽을수있었던옛어른들의교훈을읽고있는그소녀의시선이초점이흐립니다창틈으로스며오는비린내에익숙지못한그소녀는선생님과교과서와심상찮은바깥공기에으씩전율을느끼고있습니다교과서와어린이와계산기와어른들과이런것들이따로따로살아가야하는물려받은이세상에서현실과이상의괴리는하늘과땅의거리만큼이나멉니다그런데말입니다멍든연필의심은선생님의말씀이잘받아쓰여지지않고동정을잃어버린지우개는숱한얼룩들을영지우지못합니다그저그래서꼭같은사연만되풀이되는세상에서교과서는여전히책상위에서하품만하고있습니다그래서탈입니다

이사

⁝

수박통보다더작은내머리속에는무한대의우주가하나들어있습니다그렇
게큰우주속에살고있으면서도또하나의나는그동안집도절도없이가난하
게살아왔습니다달팽이촉수처럼눈망울을빼들고몇삼년의세월을그렇게
자질해왔습니다오금도못펴고새우잠을자면서도소슬대문문간방이면그
저좋았습니다이제사내집을하나마련하고나니기지개를켜도제법으젓한
기분이듭니다네설움내설움제쳐두고집없는설움이제일크다고했지요요
샛말로그게무주택의설움입니다우선쬐그만문패라도하나달아야겠습니
다만검은바탕에하얀글씨는외로와서싫습니다나는집없는달팽이망가진
내이름을주워모을수없어서대신아들의이름으로문패를달았습니다인제
정작으로바라볼수있는화분이라도몇개사놔야겠습니다또한번남은이사
가있습니다새옷을갈아입고새신발사신고훌훌히떠나야할그마지막이사
말입니다이웃집개는나를알아보고꼬리를칩니다그려그리고새들도날아
와서수인사하잡니다사람들의얼굴이낯익기전이어서더욱반갑습니다지
금뜨락에선국향이한창입니다마지막남은엷은햇살이막서산을넘어서려
는그런시각입니다만이제사겨우어치를마련했는데아직도내영혼은닫집
이없습니다그래서탈입니다

가난한 마을

수박통보다더작은내머리속에는무한대의우주가하나들어있습니다그우주속에도예외없이가난한마을이있습니다그래서기차도멀리돌아간답니다그마을에는도시에서떨어진낙숫물이흐르고낙숫물은다시원초로합수져서밤새쌓인이마을의한숨을씻어간답니다그런마을에무슨자랑거리가있겠습니까마는단한가지있다면그건올챙이창자처럼꼬인동구밖어구에푯말이말하듯이'도둑이없는마을'이랍니다자랑할것이하도없어서그저수필식으로써논푯말이지만실상은도둑맞을것이없는마을이어서밤손님이헛탕을치는곳입니다바싹여윈개들이낯선손님들에게도꼬리를칩니다그려배가고프다보니저들의본성마자잃어버린게지요그게마치두터운인정같기사합니다그런데말입니다도둑맞을것이없는이마을에도도둑맞아서는결코안될꼭한가지가있습니다그것은생울타리가지마다주절이주절이열려있는순수의꽃들입니다아마가난과순수는마치숙명처럼같은번지에서사는가봅니다그런데최근에이가난한마을이재벌의땅투기에걸려서그만죄다헐려야한답니다그들의갈쿠리에걸리면주절이주절이핀순수도용은못쓰고피를도하고죽고맙니다그래서탈입니다

들국화

수박통보다더작은내머리속에는무한대의우주가하나들어있습니다그우주속추억의연못가에는한송이들국화가피어있는데그청초한영상위에또하나의서러운얼굴이포개있습니다서릿바람이짐짓세차게불어서도리어들국화의으젓한자태는찾아온사람이없어도차라리군자답습니다모든꽃들이살아남을수없는추위입니다만들국화는그래서청초하기도사와도같습니다요지경속같은이세상은소매치기가찢어논안호주머니뚫린구멍으로단하나남은자랑마저도풍선처럼빠져나가버리고황량한사막이되어버렸습니다그래서들국화를키워줄자양분은이세상아무데도없는데높은콧대에서린오기는여전하기만합니다그런데말입니다봉래산제일봉의낙락장송은먼옛날이조적성삼문과함께사라졌는데내우주속추억의연못가에핀한송이들국화는멧새도울지않는이런날이런밤에는얼굴이유달리달빛보다더희어보입니다그래서탈입니다

덩굴장미

수박통보다더작은내머리속에는무한대의우주가하나들어있습니다내우주속에도너와나를가르는담장이있고그담장가에는덩굴장미가서있습니다내가이름을불러주기전에는한낱하찮은꽃으로핍니다만내가이름을불러주고나면비로소화사하게웃는답니다저리사나운몸뚱어리에서도고운맘씨로웃을수있다니우리네추악한가슴팍에도아름다운정으로꽃필수있겠지요검은마음도화심에가닿으면순순해지는것소중히바라다보면오늘과현실만이존재하고가까이다가갈수록어제와내일은멀어갑니다그런데말입니다어쩌다귀를기울이면거기지순한화심의안쪽에서사중창음악소리들리고음악소리에섞여서아가의웃음소리같은평화가깃들어있습니다외로울때면와서보라고괴로우면가서쳐다보라고일부러담장밖으로얼굴을내미는나의지심의벗이여전셋집목돈마련에꽤나마음이무거울때면더욱더신나게웃는내우주속의덩굴장미여그런데요즈음전셋값이배로또다시곱절로뛰어서영세민들이나의덩굴장미꽃을보고도시무룩한표정들을하고있어서그래서탈입니다

당구

⁝

속에는도시에서흔히보는녹색의당구장이하나있습니다그래서나는무료할때면심심풀이로당구장에들어가서한뼘남짓한햇살이마늘모로누워있는낡은당구대에서툭툭당구를칩니다투명한고독이햇살을물고금싸래기처럼흩어지면하얀포물선이무지개로섭니다그때나는또다시툭툭당구를칩니다고독과같은소리가납니다고독과고독이회전하고정열과정열이부딪치면덜도더도아닌꼭그만한공간에서정열이회전합니다그런데말입니다고독이고독을쳐서고독이밀려나면그고독이밀려난자리에또하나의고독이내려앉고정열이정열을쳐서정열이쫓겨나면그정열이쫓겨난자리에또하나의정열이깔립니다그러면결과는치나마나가아닙니까그러나는오늘도고독과정열의틈바구니에서마지막남은햇살로하얀고독을줍습니다고독이지겨워서당구를쳤는데고독은고독대로여전합니다그래서탈입니다

독백

수박통보다더작은내머리속에는무한대의우주가하나들어있습니다광막한그우주속에나외로이서서독백하는것으로즐거움을삼습니다허무의벌판에서할미꽃이움트더니하나의씨알이내게로떨어져서다시몇천배의염원으로맺힙니다찬란한무지개는여전히대안의기슭에걸려있는데모래톱위에허무러진성터만남고도대체나는또어디로가야하는지모릅니다첩첩험난한산길을용케도예까지걸어왔습니다만풀밭에새겨논저무수한발자국들은어디쯤있는종착역을찾아헤맨것일까요통알수가없습니다그런데말입니다시방내가슴팍새털구름이흘러간자리에서할미새가울고있습니다저기저녁놀이비치는산언덕오솔길에도정녕처절한전쟁이지나간곳일겁니다쇠붙이가날고화살이날고하다못해돌멩이가굴러가기라도했을것입니다이세상에서나만이알고있는곳내가정성껏가꿔논과수원에서또하나의씨알이움트더니이내허무의벌판으로날아가서또몇천배의염원으로퍼져가고있습니다그러나그염원은메아리가없는때가허다합니다그래서탈입니다

과수원

⁘

수박통보다더작은내머리속에는무한대의우주가하나들어있습니다내우주속비탈진산기슭에는내가고고의소리를내면서부터과수원이함께이세상에생겨났답니다내가정성껏가꾸어왔던그과수원에온통사과나무를심었습니다그랬더니내가어린시절밤마다꾸었던꿈이그대로사과나무에걸려있었습니다그것은내가손닿을수없는어느화산꼭대기에서활화하던한줄기빛살이기도했습니다그동안나는하많은세월을심한몽유병을앓고있다가이제사잃어버린꿈을깨고보니종일토록구름은산정으로가고투명한바람은이따금낙과를재촉하고있었습니다그런데말입니다오랜시일이지난뒤어쩜반세기가훌쩍지나가버렸습니다만돋보기에투영된능금은실상은산성의결정체였습니다어릴적의꿈은이미과원에지고사과나무에는마치무슨슬픔처럼능금이그렇게달려있습니다그래서탈입니다

노랑개

수박통보다더작은내머리속에는무한대의우주가하나들어있습니다그우주속에는실제우리가살고있는우주에서와같이개들도살고있습니다세퍼드도불독도도사견도진돗개도심지어는똥개도살고있답니다그런데그똥개도참영리하다는말입니다아침마다배달된신문은차라리광고란이더볼만합니다곧잘풍월을읊는다는노랭이가까짓신문기사쯤못읽을까바로뒤엄자리로신문을물고가더니그위에쭈그리고앉아서한입한입물어뜯으며심심풀이소일을하는것이었습니다풍월을읊는다는개라면제버릇사람줄까신문은읽었어야지요아마신문이읽을거리가없었는지도모를일입니다그런데말입니다나는내마음을알고싶어서나는당나귀귀를그려놓고그밑에똥그랗게똥그랗게내마음을그려서행길에다붙여놨더니말씀입니다어디서그개가와서는쿵쿵냄새를맡아보더니이건내마음이아니라저들의마음같다고화를벌컥내면서이내뒷발을쳐들고그위에다오줌을갈겨버렸습니다그러니까결과적으로는사람의마음같은것이노랑개의오줌만도못하는게아니겠습니까그래서탈입니다

세월

⁂

수박통보다더작은내머리속에는무한대의우주가하나들어있습니다그우주속에서도세월이흘러가고있습니다그러나실제우리가살고있는우주속의세월과는좀달라서앞으로흐르다가갑자기거꾸로역류하는수도있답니다그러니까호랑이담배피던시대가나타났다가는또느닷없이25세기의세계가지나가곤합니다참재미있는세월입니다진시황의구중궁궐아방궁을건너던달이부르르떨다가무희의소맷자락사이로석자남짓뒷걸음질을칩니다네로황제는한손으로세월의껍질을쥐고또다른손으로는지평끝까지골고루사랑을분배하기위하여주머니속에눈물을짜넣습니다그런데말입니다세월을달구어서시공을땜질까지했던위대한두황제의권능으로도세월을추스릴수가없어서그저계란으로바위를치는것에불과했습니다세월도가다가급하면샛길로빠지는것인지오백명의동남동녀를풀었어도불로초는역시삼신산에도없었고로마의으슥한밤에송년의보신각종소리는기껏2분뒤에서야새해를알렸을뿐이랍니다위대한두황제의권능으로도안된일인데내가어떻게할수있습니까내우주속에서는나는결코죽지않겠습니다만실제의우주에서는유한이아닙니까그래서탈입니다

팔랑개비

⋮

수박통보다더작은내머리속에는무한대의우주가하나들어있습니다그우주속에는우주를거의꽉메운거대한팔랑개비가돌아가고있습니다봄여름가을겨울윙윙소릴내며쉬지않고돌아가고있습니다해와달과별을싣고산과들과강을끼고기쁨과슬픔과고뇌와눈물까지도거대한용광로속에희석시키며끊임이없이돌아갑니다가난과병고와심지어는죽음까지도함께회돌이쳐서네팔을가진클로바처럼팔랑개비가돌아갑니다하늘의문이열리고나서부터이지구가파삭파삭깨져버릴때까지멎지않고팔랑개비는돌아갈것입니다그안에살고있는빈혈증에걸린사람들이까마득한옛날부터20세기의오늘날까지시종비틀거리다가용케도지푸라기를붙잡고오늘을하루살이처럼살아갑니다그런데말입니다봄여름가을겨울윙윙소릴내며팔랑개비는돌아가는데우리가흔히보는팔랑개비는좌우로돌아가지만내우주속의팔랑개비는앞뒤로돌아가는것이다를뿐입니다앞으로만돌아가고뒤로는돌아가지않습니다뒤로도는법이없답니다그래서탈입니다

수화手話

수박통보다더작은내머리속에는무한대의우주가하나들어있습니다그우
주에서도사람들이살고있습니다그런데나는벙어리입니다육신이멀쩡했
던내가갑자기이렇게벙어리가된것입니다혹독한설한풍에고막에상처를
입어청각이기능을잃고게다가기억상실증까지병발한때문입니다온세상
사람들이껄끄러운자음만알고모음은숫제발음할줄모르기에자모음이결
합되지않는그런상황에서는오붓한대화가이뤄질수없습니다그래서끝내
나는이렇게벙어리가되고만것입니다그런데말입니다내가소속한부대본
부는이미후퇴해버렸는데혼자서좌충우돌목숨을걸고싸우다가그만만
신창이가되어즈믄햇살을등에업고광막한광야에홀로낙오병으로서서이
렇게먼산을바라보며수화手話를하고있습니다그런데통응답이없습니다
그래서탈입니다

청자화병

수박통보다더작은내머리속에는무한대의우주가하나들어있습니다나는거의온종일을나의우주속으로들어가서열심히작업을합니다그리하여운무자욱히깔린어디메흐릿한여로의끄트머리인생의길이를재는이정표하나호젓이서있고나는그그늘밑에앉아서후세에남길희한한작품을구상하곤합니다그리하여그동안많이도흘렸던건건한땀을거두어서웅달에말려두었던내어릴적찬란한꿈조각과흩어진생활의파편을주워모아땀과함께짓이겨서마치달마를닮은기묘하게생긴꽃병한개를만들었습니다그게말하자면청자화병입니다그런데말입니다정교하게아주.정교하게다듬어서포롬한보름달빛을발라알맞게구웠더니천년전조상의넋이들어와앉아파아란하늘을머금은청자화병이되었습니다그런데문제가하나생겼습니다도대체이청자화병에꽂을알맞은꽃은과연무슨꽃이냐하는문제입니다가장간단한것같으면서도가장어려운문제가아니겠습니까무슨꽃을꽂을것인가통머리에떠오르지않습니다그래서탈입니다

나는 황제

수박통보다더작은내머리속에는무한대의우주가하나들어있습니다나는
그우주를지배하는황제입니다특히내정간섭을싫어하는황제입니다불과
반세기전만해도광막한내왕국에는물고기가노닐고호랑나비가춤을추던
에덴동산이었습니다그런데언제부터던가구슬처럼반짝이던내우주가자
꾸만퇴색돼가서지금은계절마다없어져버렸습니다별빛은가물거리고저
수지는메마르고산과들에는지금겨울이한창이라백설만훨훨휘날리고있
습니다어디그뿐이겠습니까내강토곳곳에전쟁이나서선전포고도없는전
쟁이나서해마다실향민들만늘어나고상이군이들이양산되어내백성들이
온통절름발이일색이라나외롭고슬프지않겠습니까그런데말입니다그래
도나는황제절대적황제임에는틀림이없습니다그런데이제는내백성들까
지들고일어나서날보고물러나야한다고데모를해쌉니다사탕발림으로라
도앞으로는민주주의를하겠다고선언해야겠습니다만그게통하지않을것
같습니다그래서탈입니다

꿈

⋮

수박통보다더작은내머리속에는무한대의우주가하나들어있습니다그우주속에도밤과낮이있고삶에지쳐서잠을자면으레비몽사몽간에꿈을꿉니다나는나의우주속에서잠을자다가간밤에꿈을꾸었습니다꿈을꾼다는것은바로꿈속에서의삶의시작입니다나는쇠사슬로꽁꽁묶인채다만내가살아있다는것을증명이라도하듯이자유롭지못한몸을이끌고그저걸어갔습니다뭣하러간다는의미도없이어디로간다는목적지도없이왜내가묶여있는지조차도모르면서그저희미한길을무작정걸었습니다환한대낮도아니고컴컴한한밤중도아니고그저흐릿한황혼길이랄수있었습니다그때나는웃음소리보다는울음소릴더많이들으며단조로운일상의길을계속걸었습니다그런데말입니다그때하루살이가떼를지어마치무얼찾아내기라도할듯이시종내눈앞에서어른거렸습니다날은점점어두워가고실낱같이뻗은외줄의길이멀리암흑의동굴로이어져있는것을보았습니다그리고는잠을깼습니다꿈을깬다는것은바로꿈속에서의삶의종말이었습니다예순한번째의아침이환히밝았습니다할일은많고세계는넓다더니나는할일은많고세월은짧습니다그래서탈입니다

눈이 옵니다

수박통보다더작은내머리속에는무한대의우주가하나들어있습니다그우
주도우리가실제살고있는우주에서와같이겨울이오면눈이옵니다우중충
한도시의하늘에서마치내가어렸을적에가졌던꿈조각같은순수가내립니
다지상의모든과도한열기를식히는요정일까아니면상처만남은불쌍한사
람들을어루는사랑의촉수일까밤새도록눈이내립니다아침부터밤까지진
종일순수가내리고있습니다우리모두애타게어머니를찾던동심으로구원
을갈구하던피안의불심으로눈을맞아야겠습니다우리모두눈을뒤집어
써야겠습니다그것은바로순수를뒤집어쓴거나마찬가지이기때문입니다
그런데말입니다밤을새워가며마련한하늘의경건한대역사앞에풍요로운
임의자비심앞에뉘감히무엇을음모할수있으며감히무엇을회상할수있겠
습니까끝없는고독의연륜이요만물을잠재우는섭리인것을말입니다이하
늘의대역사앞에서감히내외로움을말하여무슨소용이있으며나혼자눈
을뜬들무슨소용이있겠습니까세상사람들이다취해있어도나혼자라도깨
어있고세상사람들이다흐려도나혼자만이라도맑았으면좋겠습니까마는
그선한낱꿈에지나지않습니다그래서탈입니다

어떤 인생

수박통보다더작은내머리속에는무한대의우주가하나들어있습니다그광막한우주속에는가슴이찢어지도록슬픈인생이살았습니다그는흙에서태어나서일평생흙을파먹고살다가끝내흙으로돌아가고말았습니다그는햇볕에그을린만큼제얼굴을닮은꾸러미하나를들고어느비오는날보따리를인여인을만나가파른고갯길을함께걸었답니다지향하는목적지도없으면서그저하늘이파래서그냥살았습니다어떻게산지도그는몰랐고어떻게살아야할지도물론알턱이없었습니다그러는사이에빨랫줄에널린헌옷가지가불어났고어디서씨앗들이수도없이날아와서짓눌린멍에자국에그저등허리만모로굽었습니다그런데말입니다제길로큰자식놈들은저와꼭같은짝을찾아서서울로부산으로뿔뿔이흩어지고무거운짐을벗고나서는후휴!인제살만하다고다리를쭉뻗었습니다그리고는꼭그다음날그는죽어서지상여도없이거적에뚤뚤말려서산으로갔답니다사람이란누구나인제살만하다고느낄때는가는가봅니다그래서탈입니다

평화

수박통보다더작은내머리속에는무한대의우주가하나들어있습니다태초에하느님께서내우주를창조하시고구원의길을닦으시니애시당초이세상은이원구조여서둘이상은사치일뿐이었습니다선악도마찬가지랍니다한쪽이떳떳한길이라면다른한쪽은사람들의눈은고사하고올빼미눈깔에도보이지않는아라한들판의길입니다이세상어디에이원적이아닌것이있습니까플러스마이너스하늘과땅과산과들거기아담과이브가살고성당이있으면으레성당뒷골목에는또원색의인육시장이있어서마치이세상이균형이잡힌것입니다선만있고악이없어서도안되고악만있고선이없어서도물론안됩니다그러면세상이균형이잡히지않은것이지요그런데말입니다나와네가합쳐서비로소우리가되는것인데너와내가모여도끝내우리가될수없기에시정잡배는말할것도없거니와유엔평화회의장에서도화약냄새만물씬풍기는가봅니다어디사랑이나평화가말로만되는것입니까보이소여보게들우리갈매기처럼작은눈을크게뜨고잃어버린길을찾아냅시다어디그게말로되는일입니까그래서탈입니다

조교吊橋 위에서

⁂

수박통보다더작은내머리속에는무한대의우주가하나들어있습니다그우주속에는수십길이나되는절벽이있고이쪽과저쪽을잇는조교吊橋도놓여있습니다나는무료할때면으레그조교를오가면서난간을굽어다보면천길도깊은절벽이아찔합니다누가여기다외줄의조교를세웠을까궁금합니다발판이줄곧흔들려서조마조마한마음으로딛고서있으면세월같은강물이다리밑을흘러내리고그흔해빠진피라미새끼들은죄다어디로갔는지단한마리도눈에띄지않습니다산간개울물도중금속으로오염이되어서피라미들이죄다죽었을까요아니면이세상더이상살것이없어서분신자살을해버렸을까요통알수가없습니다서사마루에노을이저토록아름다와서녹슨이조교를서둘러건너려고나는해거름에이렇게달려왔습니다그런데말입니다씨앗을뿌리고지슴을매고흘린땀만큼의수확을노렸어도지금나는조교위에서빈자루만들고서있습니다차라리호주머니를마저털어서남은것을랑모두강물에쏟아버리고이제부터는추억의영상을재생시킬때가되었습니다그런데아직도쏟아버리기에는아까운생각이듭니다그래서탈입니다

동물농장

⁝

수박통보다더작은내머리속에는무한대의우주가하나들어있습니다그우주속에는물론동물농장도하나쯤은있습니다사람들은입술에침도안바르고거짓말을곧잘합니다만이제는입술에립스틱을바르고함부로거짓을토하는위증자가되었습니다죽음의심판대에서서도세상이이렇게살만하게된것은우리인간들의업적이라고주장할셈인모양입니다당신네들이두발로꼿꼿이설수있다는사실을감탄하는것은우리동물과는관계없는일입니다당신네조상에앞서서우리짐승들이먼저자유로이분방했던광야가아닙니까당신네들의두발보다사우리들의네발이더능률적이고당신네들의조상은분명히우리조상들의뒤를따라댕겼습니다문화사도그렇게쓰고있습니다그런데말입니다당신네들은만물의영장임네하는것은법률상의선취득권문제지만양심을속인것은법률이전의도덕률아닙니까당신네들이위증하는대가로가슴에단훈장을스스로떼어내고이제그만우리짐승들에게이세상을돌려줄때가되었습니다그런데당신네들은이세상이다할때까지이세상을독차지하면서우리짐승들을마구잡이학살합니다그래서탈입니다

족보

⁝

수박통보다더작은내머리속에는무한대의우주가하나들어있습니다나의우주속에는이세상에서볼수없는기이한족보가한권들어있습니다그족보를들여다보면나는나이면서나아닌때가더많습니다하여나는남편도되고아들도되고손자도되고증손자고손자또는남의18대손도되고아버지도되고할아버지도되고증조할아버지고조할아버지또는남의20대조도될것입니다나는또형님도되고아우도되고오빠도되고시숙도되고삼촌도되고조카도되고당숙도되고당질도됩니다그리고재종삼종사종오종모두다됩니다그러다가월촌이되면단순히일가가되고맙니다또나는남의매부도되고처남도되고외숙도되고생질도되고고모부도되고이모부도되고이질도되고외종형도되고이종동생도되고그밖에아니되는것이거의없습니다이제는사돈도되고사장도되고시아버지가되었으니머잖아서또시할아버지도될것입니다또옛날내가남의사위도되고외손자가됐던것처럼인제어엿한남의장인까지되었으니나는곧외할아버지가될것입니다그런데말입니다내우주속의그괴이한족보도성은어찌할수가없는모양입니다그세계에서도내가여자가될수는없기때문입니다그래서나는안되는것한두가지만빼놓고는거의다됩니다그러나때로는이것도저것도안되는바로나이면서남인때가있습니다하여나이면서나아닌때가훨씬더많습니다그래서탈입니다

한

⁝

수박통보다더작은내머리속에는무한대의우주가하나들어있습니다나는별할일이없을때면으레그우주로들어가산책을즐기곤합니다사람이란결국현실사회를초탈하기란어려운모양인지거기도내내꼭같은상황이전개되곤합니다내머리속에늘아련히떠오른것은이조의여인들의한입니다그런대로한세상흘러가고말았습니다만그들은얼마나가슴태우며서러운세상을살다가갔을까요아픈사연을랑보자기에묶어서솔가지에짬매놓고모처럼친정나들이하는길은발걸음도한결가벼웠습니다산등성이에앉아서임한번훔쳐보고소맷자락으로살짝얼굴가리면어디서산새들도스스럽게울었습니다남은시름은솔바람에띄워보내고구름에걸린낮달우러러이조의여인은그렇게한을풀었답니다그런데말입니다몇삼년에한번씩오가던근친길이었는데이제는호호백발할매가되어바라보던추억의고갯길이되었습니다둥구나무가지끝에걸린그고갯길은지금은고속버스가신나게달려가고이조의여인은말없이길섶에잠들어있습니다죽어서는한무덤속에잠자는것을원했던이조의여인은유인울산김씨부좌孺人蔚山金氏祔左란상석을남겼습니다이조의여인들의뿌려논씨앗들이이른바한국의현대여성들입니다검은머리를볶아서노랗게탈색을하고봉선화대신푸르뎅뎅한매니큐어를손톱발톱에칠하고다닙니다그래서탈입니다

성묘

⁝

수박통보다더작은내머리속에는무한대의우주가하나들어있습니다그우
주속에는나의아버지와어머니의무덤이있습니다나는젖무덤이란이름을
붙여놓고수시로성묘하러갑니다세월의뒷길을돌아서아무짬사도모른코
흘리개가되어찾아간답니다때로는고속버스를타고완행버스를갈아타고
휘이휘이산을올라서두번씩성묘를드립니다맹자의삼三락을죄다잃어버
리고인제이렇게찾아뵙는슬픔하나만을가졌을뿐이랍니다산골바람이불
자나무의잔가지들이흔들리는이치를이제사깨달은내맘속을시방산바람
이아리게씻고갑니다집에서방문을열면여전히방에앉아계시고여기산소
에오면또산소에누워계시는까닭을나는아직도잘모르고있습니다그런데
말입니다포근한젖무덤에얼굴을비비고흰구름을무심코쳐다보면구름이
두세가닥으로변합니다그러면어디서청빈처럼맑은산까치의울음소리가
들려옵니다이제그만돌아가겠습니다백발이성성한할아버지가되어손자
들이기다리고있는집으로어서가봐야겠습니다하루면몇번씩이렇게성묘
를갔던내가이제할아버지가되고나서부터는성묘를자주못갑니다못가
는것이아니라잘안갑니다그래서탈입니다

돌멩이

수박통보다더작은내머리속에는무한대의우주가하나들어있습니다그우주속에도자잘한돌멩이가수도없이지표에깔려있습니다그돌멩이위로지금비가내리고있습니다마치허무위에허무가떨어져서또하나의허무를생성하는것같습니다똑똑지층으로번지는목탁소리가우리인생의기상도를적셔갑니다미끔한자가용이악담을퍼붓는은행모롱이에서그때순수는한꺼풀때꼽속에감추고마대속의생활을계산하던어느걸인을눈여겨보았습니다은행에서는마대속에지폐뭉치를넣습니다만이걸인은마대속에너절구레한생활을넣었습니다은행과걸인어쩌면이렇게도아이러니컬합니까암만머리를도리질해도실실이풀려나오는타래실끝에6·25가매달려마치민족처럼휑뚫린거렁뱅이의가슴팍에서이순간에도피보다도더진한이즘이흐르는걸보았습니다그런데말입니다나는심한야맹증환자랍니다어둠이좀먹는거리에서마치불의를쪼으려는날카로운부리처럼툭튀어나온아직부식되지않은돌멩이에채여나는그만중심을잃고우산으로받쳐든생활과함께열없이비틀거리고말았습니다넘어지지않은것만으로도다행으로생각합니다만생활마저꼬꾸라지면어쩌겠습니까그래서탈입니다

물구나무서서

수박통보다더작은내머리속에는무한대의우주가하나들어있습니다나는
생활에지치면내우주속에숨어서이따금물구나무서서오목렌즈에초점
을맞춰봅니다한발자욱도옮길데가없는휘황한거리입니다한치코앞도분
간못하는내흐린동공에수평선만또렷이투영돼본까닭은아마원시라서그
런것같습니다내우주속에도역시서울이있거든요아직은ㄱ자도못그린어
린손주놈웃도리에영문철자가유난히돋뵈는아침입니다아침의나라한국
에서말입니다그래도태양은눈부십니다만삼태기로피라미새끼까지훑어
먹고일제라면오줌도다투어잡수시는거인족의어판장이되고말았습니다
그런데말입니다까짓것하늘한번밟았대서뭐그리잘못입니까제가아무래
도정상적으로꼿꼿이설수가없어서구역질이나서말입니다거꾸로서본게
아닙니까물구나무서서이세상을보면참으로희한합니다쉿대구멍으로치
모가다보입니다어떤꼬락서니냐구요사람들은저마다정든수렁에빠져열
심히아주열심히허우적거리고있었습니다이게내가본세상입니다그래서
탈입니다

둑길

⁝

수박통보다더작은내머리속에는무한대의우주가하나들어있습니다그우
주속에는태초의말씀으로흐르는강물이있고강변의둑길에는달빛에젖은
수양버들이몽유병을앓고있습니다나는심심할때면으레내우주로가서강
변의둑길을산책하는것으로낙을삼습니다땅이좁아서강건너저만치에는
산이서있고둑길은멀리강물을따라하늘로이어져있습니다그호젓한강변
에서이슬을먹고자란푸른잔디는그위로무수한사연들이마치달구지처럼
흘러갔습니다즐거운일도지나갔고서러운일도지나갔고분홍빛아름다운
사연도지나갔습니다간밤에하늘의별들이살째기내려와서분홍빛이야길
엿들었기에강물은저리눈부시는가봅니다그런데말입니다나의꼬락서니
는무엇입니까진한내마음을받아줄이가없어서누군가가흘리고간달콤
한분홍빛설계도를밟으며이밤혼자서둑길을걷고있으니말입니다그래서
탈입니다

옛 친구

…

수박통보다더작은내머리속에는무한대의우주가하나들어있습니다내가
나의우주속을거닐다가어느호젓한시골로들어서면마루도없는토담집에
살면서빨랫줄에널린헌옷가지처럼주렁주렁매달린자식새끼들그래도못
견디게좋다는꾀복쟁이친구를만납니다그와나는소꿉친구일뿐만아니라
국민학교동창생이기도하지요헤어져서숱한세월만가고이제사구름따라
내가왔다네그러면그친구녀석은어허이게누구랑가얼굴을서로잊고한참
만에이름으로다시찾는옛친구랍니다그녀석은참좋은놈이지요내몸에서
비렁내가나는것도아랑곳하지않고놈은나를막무가내로끄집어당깁니다
막걸리잔사발가에손때묻은시절이오고보리밥상추쌈에된장맛은진정옛
정과도같습니다그런데말입니다난생처음만난녀석의아내는무색옷을입
었는데멍에에짓눌려등이모로굽었습니다그게부끄러운모양입니다제발
이마에서린땀을씻으오우리는50년전소꿉친구라오가난한자여복이있나
니어떻게가난한사람이복이있단말입니까나는요세상에서통알수가없습
니다그래서탈입니다

길

수박통보다더작은내머리속에는무한대의우주가하나들어있습니다나는
하루에몇번씩나의우주속으로들어가서종으로횡으로길을걷습니다개미
쳇바퀴를보고지구의자전을의식하며나는게처럼횡으로걷다가는이윽고
한마리날짐승이되어공간을누빕니다그러면거기내우주속에강물이흐르
고대양이노호하고우리와다른언어를사용하는사람과나와는다른피부
색깔을가진민족과또기묘한생활양식을가진인간들을만나게됩니다말하
자면내가살고있는동양에서코가큰사람들이살고있는서양으로가본것
이지요그런데말입니다한참을우두커니서서이번에는좌우로걷지않고종
으로길을걸어봅니다그러면곧잘시간도거슬러올라가서과거로가봅니다
조상들의발자취를따라이조말엽의신작로를걷다가三국시대의오솔길을
지나뭇짐승의발톱이찍힌자국위에또하나의나를포개놓고三한시대와수
렵시대를거쳐서바로태고로통하는종유동굴속으로들어가게됩니다이와
같이나는하루에도몇번씩종으로횡으로길을걷습니다만결과적으로얻은
것이없어서그래서탈입니다

안개

⁝

수박통보다더작은내머리속에는무한대의우주가하나들어있습니다그우주속에는안개속에갇힌도시가있고그도시속에서시방내가묻혀있습니다내가세운철조망과철조망에걸린세월과세월이뱉아낸계엄령과계엄령이내린매연가스와오염물질그저그런것들이함께사는거리에서나는나의위치와향방을잃고이렇게쩔쩔매고있습니다다만나는신의노여움이두려워서앞문으로는감히나가지못하고뒷문으로도망치려다가붙잡히고말았습니다끝내나는알리바이를입증하지못한채이렇게포로의신세가되고말았습니다그런데말입니다자가용헤드라이트가너무나부시어지척을분간할수없는거리의한복판에서나는한사코슬금슬금뒷걸음을치고있답니다그러니까어찌전진이있겠습니까밤새도록맴돌던한국의할렘가에서쏟아져나온희뿌연한안개때문에나는아직도출구를찾지못한채온종일을이렇게쩔쩔매고있습니다그래서탈입니다

달동네

수박통보다더작은내머리속에는무한대의우주가하나들어있습니다그우주속에도예외없이달동네가있답니다인정이박꽃처럼피는달동네말입니다가진것은없어도호젓한밤일수록달이가까워서좋습니다달동네밑에구름다리가있고구름다리밑에시내버스가오갑니다시내버스보다도더많은미끈한자가용차가굼벵이처럼굴러갑니다저자가용이많아지면서달동네는더높아졌습니다달동네가높아지면높아질수록달이가까워져서더좋습니다63층빌딩보다더높으니까말입니다그래도나를생각하는기특한벗들이있어나는한끼쯤굶어도좋습니다그런데말입니다달빛이내려와서창문을기웃거리면독배를들고서도웃을수있는소크라테스가생각나고희열의외곽지대에터잡은달동네는몽유병환자들이없어서좋습니다만달동네에서내려오면올수록몽유병환자들이많답니다그래서탈입니다

바다

⁝

속에는육지보다몇배나더너른바다가있습니다그바다는아득히먼수평선상에서하늘을만나고서로속살을비비면서도끝내바다는비밀을말하지않았습니다신비와불가사의한것을해저깊숙히은밀한곳에감춰놓고한빛깔영원한푸른색을자랑합니다바다가어디육지의논밭처럼두렁이있습니까이랑도고랑도없습니다따라서바다에는인종을가르는국경선이며무슨색채의비상선이며피부를구별하는가짜문명이통하지않습니다그런데말입니다바다는태초의생성의엄숙한그표정으로아무흔적조차남기지않고해와달과별과심지어는하늘까지도포용하고멀찌막이나앉아서평화사절단을육지에보내어온종일그달변의혓바닥으로답답한심정을토로합니다그러나원수놈의그인간들이란게통알아듣지못합니다그래서탈입니다

어떤 친구

⁝

수박통보다더작은내머리속에는무한대의우주가하나들어있습니다그우주속에는나와가장가까운친구가살고있습니다그친구는인간의후각의三천배도넘는다는독일산셰퍼드의코를빌려서쿵쿵냄새를맡습니다예민한그의코끝에걸려온것은가슴팍이넓을수록땀내새금내신내비린내쓴내고린내노랑내온갖잡동사니가함께썩어가는요상한냄새가는데게다가문명이랍시고송장냄새까지풍겨온다는것입니다그런데말입니다나의오장육부가사시나무떨듯떨리다가뉘엿뉘엿속이뒤틀려오면후휴어디서휘파람새우는소리가들려옵니다단한가지이상한일은말입니다비지땀을흘리며간신히입에풀칠을하는지지리못난나의친구하나는인간의후각의三천배도넘는다는독일산셰퍼드의코를빌려서쿵쿵냄새를맡아보아도통고린냄새가나지않는답니다그래서탈입니다

독감

⋮

수박통보다더작은내머리속에는무한대의우주가하나들어있습니다그우주속에는지금한창독감이퍼져서독감주의보가내려져있습니다열사의나라에서방황하다가이윽고낯설은항구로떠내려갑니다어느내부의축대가무너지는듯생명의저변에서솟는앓는소리가들려옵니다병원과약국을불티나게드나드는환자와독감에걸린의사와약사가흰마스크를하고처방전을찾고있습니다이런아이러니가어디있겠습니까돼먹지못한자는영전을하고저주받을위인이되려표창을받는그런모순속에살면서나는왜그리흔해빠진독감에도걸리지않습니까그런데말입니다밤마다앓는소리는마치먼추억의방앗고처럼애틋한데남의신음소리나들을줄아는나의당나귀같은두귀에분명또하나의더큰모순의신음소리가들려옵니다어쩜내가태어나면서부터온통이사회가방콕A형독감에걸려있었나봅니다그래서탈입니다

매미 II

수박통보다더작은내머리속에는무한대의우주가하나들어있습니다그우주속에서시방매미가울고있습니다세상이왜이리덥냐고지천으로울어쌉니다호수의밑바닥까지꿰뚫은투명한울음소리너는그렇게속시원히울수가있어서7·8월땡볕에도용케견디는가봅니다음량의파도에실려고향으로가는돛배하나수평선위에아른거리지만내진정쉴곳은어디에있는지울수조차없는나는피멍진가슴을물어뜯으며이렇게속울음을웁니다그런데말입니다암만들어보아도이제매미의울음소리는한서린육자배기도아니고또서러운겨레의가락도아니고마치조상이쌓아올린가슴속깊은어느내밀의석탑이세월과함께무너져내리는그런위태로운소리같습니다아아, 이조적매미들의조상들도그렇게울었을까요필시아닐겁니다그냥매미의울음을울었을것입니다그러나오늘의매미는현대인들처럼현대의매미입니다그들도오늘을울어야할의무가있습니다울어도울어싸도풀리지않을오늘의서러움이그들에게도있습니다그래서탈입니다

사 과

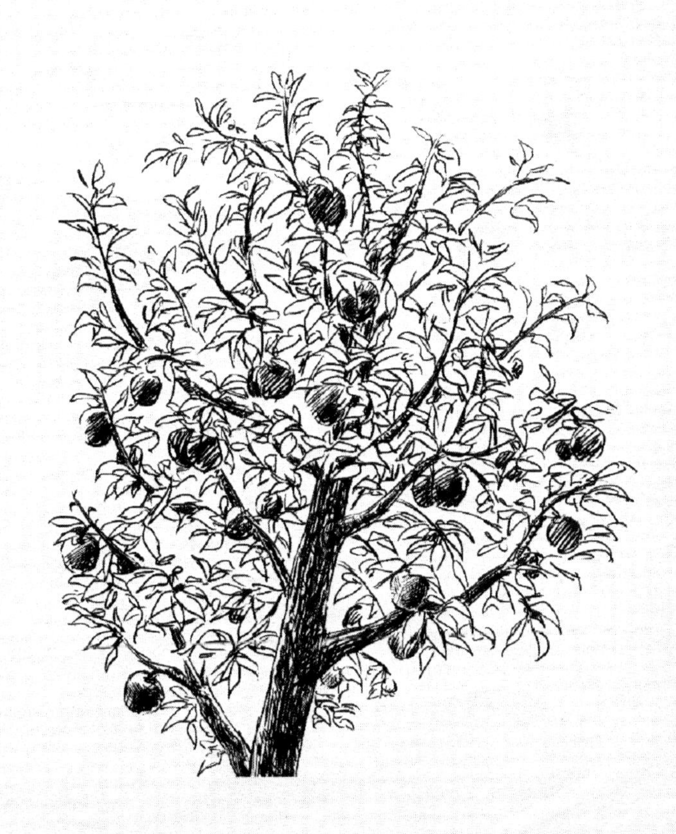

사 과

가난한 뜨락에도
한 그루 사과나무는
떨어진 햇볕만큼 자라서
어쩌면 뉴턴의 예지와도 같은 열매가 열려
식어가는 밤의 열기를 붙들고
한 오래기 희미한 광명을 재생시킨다

해가 바뀌어 갈수록
단맛이 신맛으로 변하고
신맛은 다시 짠맛으로 바뀌어
내 몸에서는
심지어 소금꽃이 다 피었는데

유달리 염분이 많은 내 뜨락에

살아남은 단 한 그루 사과나무는

해가 바뀌어 가도

신맛이 짠맛으로 변하지 않고

도리어 가을이 오면

단맛이 든다니

내가 죽어서나 그 까닭을 알 수 있을까 몰라

철조망鐵條網

신화神話가 꽃 필 무렵부터
맨발의 지혜로 닦은 길인 것을
그 역사의 통로 언저리에
시방은 잡초만 무성하고나

두 눈을 지그시 감으면
어머니의 치맛자락 같은
두고 온 산하山河여
눈을 뜨면 어판장
비린내가 왈칵 실향민失鄕民을 껴안는다

철 따라 후조候鳥는 오가는데
꿈속의 향수로만 아물거리는
구름 끝에 걸린 고향 길
아, 철조망鐵條網아 말하라
이즘이 피보다 진해야만 하는 까닭을

해마다 녹슨 철조망 밑에서

시리미 꽃은 피는데

한恨으로 엮은 철조망 위에서는

도사린 배암이 독아毒牙를 번뜩인다

동양화東洋畵

나는

한 폭의 동양화東洋畵이고 싶다

어차피 어두운 세상인데

명암明暗이 내게 무슨 의미가 있는가

비켜 설 자리도 없는

찬란한 고호의 채필彩筆은 그래서 나는 싫다

발 뻗고 누울 수 있고

앉아서 좌선坐禪의 삼매三昧에 들 수도 있는

너는 여백이 있어서 좋아라

발 하나 쳐들고

천 년을 조는 저 학의 너그러움을 보라

하늘이 넓구나

어디쯤에다 점 하나 더 찍을 수 있으리

암만 물을 퍼 넣어도

빈 항아리는 여전히 빈 항아리일 뿐

결코 넘치지 않겠네

하 많은 세월이 할퀴고 간

저 한 폭의 동양화東洋畵는

이제 더 이상 골동품이 아니다

음률은 선線의 나랫짓이고

선線은 멋인 것을

어디서 들려오는 천상天上의 멜로디여

나는 한 폭의 동양화東洋畵이고 싶어라

달빛이 없는 밤은

달빛이 없는 밤은
우수憂愁의 그림자도 비치지 않는가
뜬눈으로 지새던 밤에
나는 기어코 유탄流彈을 맞았다

모래알처럼 푸석푸석한 내 가슴이
휑하니 뚫렸어도
죽기는커녕은
피 한 방울 흘리지도 않았다

유탄流彈이 지나간 구멍으로는
태고太古가 숨쉬고
바깥바람이 술술 들어와서
나는 도리어 상쾌감을 느낀다

패류貝類의 몸부림으로 진주眞珠가 굳듯
나의 고뇌는 통증을 초극해서
찬란한 사리舍利를 잉태하고
이렇게 나는 건재하다

곰삭은 것은
냄새도 나지 않는 법
달빛이 없는 밤은
우수憂愁의 그림자도 비치지 않는다

한강수漢江水

어두운 밤에도
촉수를 더듬거리며
한 치의 오차도 없이 흐른 것이
어쩜 무한의 지혜를 터득했는가

흐르다 지치면
휘황한 하늘 우러러
기쁨과 슬픔을 알맞게 희석하며
뜨거운 입김으로 속삭이는 강江
너 한강수漢江水야

환한 여의도의 밤하늘을 싣고
남몰래 사랑과 음모를 복제하며
밤낮을 유유히 흘러내려
五천 년 겨레의 넋이 서렸는가

한때는 말발굽에 짓밟혀
어둠과 함께 거꾸로 역류하다가
씻어도 씻어도 못 다 씻을
오욕의 역사를 안고 흐르던 강江
너 한강수漢江水야

우리의 설움을 두고
한발 앞서 흐를 줄 알던
진한 시름 속에 달빛이 서러워
한恨을 쏟던 시절에도

겨레의 젖줄로 흐르다가
민족의 염원으로 울부짖다가
한번은 죽었다가
다시 살아난 겨레의 강江
너 한강수漢江水야

신문

조간신문을 읽을 때나
석간신문을 읽을 때나
나는 으레 건기욕질부터 한다
그놈의 메스꺼운 잉크 냄새 때문이다
독한 잉크가 아니고선
활자가 제대로 서지 못하고
모조리 거꾸로 박히고 말게다
아침 저녁으로
신문 활자들이 서로 부딪쳐
달그락 소릴 낸다
쇠붙이가 깨지는 소리 같다
그 밖에도
비린내 고린내 구린내
팍 썩은 곰삭은 냄새와
알 수 없는 요상한 냄새
심지어는 거짓말 같은 거짓말 냄새까지 합쳐서

독한 잉크 냄새를 풍겨 싼다

그래서

조간신문을 읽을 때나

석간신문을 읽을 때나

나는 으레 건기욕질부터 한다

보릿고개

아침 밥상머리
손주 놈 콧잔등에
일그러진 초여름이 다가오고
삼베 적삼 끈끈한 고향이 어리운다

내 유년의 헐벗은 나무에는
깜부기만 빈 씨알로 열려서
가슴보다 더 높은
보릿고개를 간신히 넘었는데

먹을 것이 너무 많아서
도리어 먹을 것을 찾지 못하는
네 유년의 풍성한 나무에는
인스턴트 깜부기가 주렁주렁 열렸구나

게맛살을 먹을래
살로우만을 놓아줄까
새우튀김을 씹으련
켄터키를 집어주랴

닭다리가 네 개라고 우기는
너는 쑥잎을 모를게다
보릿고개는 쑥고개
나도 너처럼 찡그렸었지

다랭이 뙈기밭을
경지정리 하듯이
불도저가 세월을 밀어붙여
보릿고개가 무너졌는가

남은 것은 오직 시차時差뿐
결코 같을 수 없는 너와 내가
깊은 낭떠러지를 사이에 두고
시방 고속도로를 달리고 있구나

구상構想

되는 일도 없고
안 되는 일도 없는
그런 날에는
나는 또닥또닥 집을 짓는다

단청도 으리으리한
순 한식 다포계 맞배지붕
부처님 모실
새 법당을 짓는다

달빛이 교교한 밤에
하늘 높이 비상하는
한 마리 새가 되어서
전각은 아주 미완성인데

닫집 아래
배광을 등에 얹고
연화대좌 위에 가부좌하고 앉아서
중생을 제도할 부처님인 것을

창밖에서는
지금 눈이 내리는데
나는 지금 먼 산을 바라보고 이렇게 서 있다

되는 일도 없고
안 되는 일도 없는
그런 날에는

의마송義馬頌

의마여

간경이 뒤집히는 천둥소리에

너는 비로소 슬픔을 알았었지

옥룡검玉龍劍을 물고

三백 리 길을 달려올 때

그때 하늘은 맑았다만

강변에 낀 뽀얀 안개가 너를 가렸었지

의마여

이제 네 갈기 위에는

먼지보다 가벼운 공허만 쌓였는가

거룩한 임의 말씀을

너는 어느 초원에서 읽었더냐

의마여

하늘 한번 힘차게 차보려무나

그리고 의리 없는 사람들의 발목을 물어뜯어라

의마여, 말 못하는 너 의마여

물을 한 사발 떠오랴

생풀 한 줌 뜯어오랴

너 이 아니 광영이냐

이제 영혼끼리 만나서

하늘 높이 비상하려무나

너 의마여

주: 전라남도 장흥군 부산면 금자리 효자마을 앞. 임진왜란 때 문기방 의병장이 남원전투에서 순국하자, 그의 애마는 옥룡검을 입에 물고 三백리 길을 달려서 주인의 전사를 알리고 주인이 안장되는 날부터 단식하여 9일 만에 굶어 죽었다. 그 애마를 추도한 시.

부활復活의 꿈

코스모스 사잇길
파아란 보리밭 이랑을 타고
나는 한 구九십 일 여정으로
먼 여행을 떠난다

또 하나의 나는
고슴도치처럼 웅크리고 앉아서
나이테가 망가진 등걸로 남아
먼 산만 바라보고 있다

이마의 골이 깊어갈수록
얼굴이 없는 나와
죽으면 송장밖에 더는 될 것이 없는 또 하나의 내가
별거하는 세월이 많아졌지만

춘초春草는 연년록年年綠인디

천손天孫은 귀불귀歸不歸라

누가 말했나

누가 말했나

새 봄이 오고

아지랑이 타는 논길 따라

진정 내가 제비처럼 돌아오는 날

또 하나의 나는 그때 부활復活하리라

철새가 한강漢江을 떠나는 까닭은

나는 알고 있네
철새가 한강을 떠나는 까닭을

공해 수도 서울을 향해
미아처럼 날아든 갈매기 한 마리
작은 눈을 크게 뜨고 되돌아가는데
놀라는 서울특별시민은 아무도 없다
먹고 살기도 바쁜 세상
강물에 떠노는 청둥오리에서
순간의 정서를 찾을 여유가 없어라
똥배만 부른 사장 족
그 아구 같은 주둥아리에서
연기처럼 공해는 펴 오르고
바로 그 항문에서는
밤낮으로 폐수가 쏟아지는데

잘 살기 위해 하던 일이
필경 못 사는 일이 된다면야
나는 차라리 철새가 되리
거푸거푸 한강물 퍼 마시고
청둥오리처럼 떠나면 되리

나는 알고 있네
철새가 한강을 떠나는 까닭을

아아, 광주光州여

세월이 잠시 역류逆流하던 날
그때 무등산無等山은 말없이 보고 있었네
금남로에서
사직공원에서
도청 앞 광장에서
울분의 심지에 성화聖火는 점화되고
골목마다 지축은 흔들거렸네
용광로처럼 이글거리다가
넘쳐서 넘쳐서 용암으로 흘러내렸네
아아,
영원한 이름 광주光州여
수레바퀴를 끌어올린 시민이여
맥박은 뛰어서 마음을 부르고
마음은 살아서 하늘로 솟았네
- 하여

누리의 붉은 염원念願은

수난의 영산강榮山江 변에

거룩한 한 그루 꽃나무로 서서

소쩍새 울던 밤에

한 송이 탐스런 꽃잎을 피워놓고

젊은이는 그렇게 피를 쏟고 갔느니

동학의 핏줄이여

四·一九의 맥이여

아아, 영원한 이름 광주여

세월이 잠시 역류逆流하던 날

그때 무등산無等山은 말없이 울고 있었네

노랑개 II

노랑개 한 마리가
택시 승강장 좁은 틈에서
한겨울을 뛰놀다가
뾰족한 쇠토막으로 얻어맞았다

노랭이는
뒷발 하나를 쳐들고
선혈을 길바닥에 뿌리며
마치 팽이처럼 빙빙 돌았다

운전기사들은
멋있다며 껄껄껄 웃고
묘령의 아가씨는
차창에 기댄 채 빙긋이 웃었다

노랑개야
너희들 끼리끼리 놀 일이지
어쨌다고 사람들 틈바구니에서
그런 봉변을 당하더란 말이냐

아직도 인간을 몰랐다니
분명 네 잘못이 아니냐
너는 헨리 오웰을 모르느냐
나폴레옹의 선언宣言을 못 들었느냐

남의 고통을 밟고 웃을 수 있는
두 발 달린 짐승들일랑
밤낮으로 으르렁거려라
도둑을 보고는 아예 짖지를 말아라

문명이란 고름이다

마치 공룡처럼 생긴
포클레인이
긴 모가지를 빼고 강을 뒤진다
강물이 게버큼을 물고
쪼르륵 쪼르륵 죽은 소릴 내며 떠내려간다
내 유년의 아름다운 별빛이
산산이 부서져서
모래 밑에 묻혔는데
그 주위를 맴돌던 송사리 떼가
모두 눈이 튀어나온 채 죽어서 떠오른다
가진 자일수록 꼬리가 길어
풀섶에 항문을 감추고
온종일 독한 배설물을 강물에 쏟아낸다
고래싸움에 새우 등이 터져서
꼽추가 되어 흐느적거리는데
포클레인은 여전히 강을 뒤져
배설물과 버큼을 함께 배합한다
문명이란
새우 등에서 화농化膿한 고름일 뿐이다

조춘早春

내 마음은 연초록
어제 받친 우산 속에서
색깔이 좀씩 짙어가더니
새 생명의 태동을 위해
지금 파랗게 물들어 있다
하얀 빛은
낙수落水물에 씻겨 내리고
아침 해가 이슬을 털고 일어선다
작년의 어느 땐가는
우산 속에 우박이 떨어져서
발등까지 하얗게 물들더니
그래서 내 마음도 하얗게 변해가더니
어느새
찢어진 비닐우산에
봄볕이 내려 앉아
내 마음은 연초록
새 생명을 잉태하는 아픔이 온다

백호白湖 임제林悌 선생 묘소에서

처다보니 더 높다
아슬히 굽어 본 세상인 것을

내려앉은 햇볕 속에
잔디는 황금빛 융단인가

뒷산이 높아서 앞은 트이고
소매는 길어도 거칠 것 없어라

비문은 새겨 무엇하리
예조정랑이 발꿈치에서 뭉개진다

송도의 황진이黃眞伊야
청초 우거진 골에 자난다 누엇난다

홍안을 엇다 두고

말방울 소리 장단長端에 울렸는가

미투리와 도포자락에

시와 술이면 그저 넉넉한 세상

강물은 도도히 흘러내리는데

참새들만 방앗간에서 입방아를 찧는다

삼천리가 모자라서

서른아홉이면 더는 살 것 없는 세상

천 년 다시 천 년을 누워서

멀리 영산강을 바라본다

<후기>

- 연작시 '그래서 탈입니다'를 읽고 -

기우현奇禹鉉

2009년 아버님 작품 연보를 만드는 과정에서 선친의 시고를 발견했다. 시인의 '석산시고石山詩稿'(1989)에는 '그래서 탈입니다'의 연작시가 71수 실려 있었다. 이 글을 보는 순간, 아버님이 이렇게 많은 시를 써 놓고 왜 시집을 내지 않았을까 하는 의문이 들었다. 시인은 생전에 시집 6권을 발간했다. 각 시집마다 60수의 시를 실었다. 제6시집 '서울특별시민은 특별히 제작한 휠체어를 밀고 간다'(1991. 4)에서만 서시를 포함하여 61수를 수록했다. 분량 면에서 연작시가 71수, 여기에 기존 시집에 실리지 않은 유고시 11수를 합하면 총 82수로 충분히 유고 시집을 낼 수 있다고 생각했다.

제6시집 시 중 50수는 제1시집에서 제5시집에 들어 있는 시를 재수록한 것이나. 시인이 제5시집 발산 이후에 새로 쓴 시는 11수에 불과하다. 그런 면에서 제6시집은 기존의 시집에서 길의 철학을 바탕으로 재구성한 시 묶음이라 할 수 있다. 그런데 연작시도 71수 중 70수가 기존의 시집에 실린 시를 산문시로 재구성하고 있다. 그런 시 묶음 형태를 띠고 있는 점에서는 이 연작시도 제6시집과 동일하다고 할 수 있다.

그 구체적인 내용을 살펴보면, 제6시집은 제1권 '부활復活'에서 5수, 제2권 '가교架橋의 이미지'에서 10수, 제3권 '무명초無名草'에서 6수, 제4권 '세월을 갈아서'에서 8수, 제5권 '시인詩人과 공동묘지共同墓地'에서 21수 등 60수를 재수록했다. 연작시는 제1권 '부활復活'에서 4수, 제2권 '가교架橋의 이미지'에서 16수, 제3권 '무명초無名草'에서 15수, 제4권 '세월을 갈아서'에서 16수, 제5권 '시인詩人과 공동묘지共同墓地'에서 19수 등 71수를 싣고 있다. 총 71수 중 70수가 재구성 형태를 띠고 있고, '강물'만 기존 시집에 없는 새 시다. 이처럼 제6시집과 연작시는 서로 성격이 겹치는 면이 있다.

그러나 '그래서 탈입니다'의 연작시는 단순히 기존의 시를 재수록한 작품이 아니다. 시인의 철학으로 엮어 산문시로 재창조한 대작이다. '그래서 탈입니다'의 큰 제목 아래 각 시마다 부제가 달려 있다. 사실상 부제가 각 시의 제목인 셈이다. 산문시가 그렇듯 행 구분, 연 구분을 하지 않았다. 또 띄어쓰기를 하지 않았고 문장부호도 생략했다. 시 길이는 300자 대가 21수, 400자 대가 55수, 500자 대가 4수, 600자 대가 1수의 분포를 보이고 있다. 대체로 400자 내외의 글자 수로 구성되어 있다. 그 중 '한국어' 시가 308자로 가장 짧고, '시냇물' 시가 653자로 가장 길다.

| 연작시에는 패턴이 있다

연작시의 패턴을 분석하면 다음과 같다. 서두는 '수박통보다더작은내머리속에는무한대의우주가들어있습니다'는 문장으로 연다. 중간 이후 부분에서는 '그런데말입니다'라는 문장으로 시인이 전달하고자 하는 메시지에 주목하게 만든다. 맨 마지막은, '그래서탈입니다'의 문장으로 끝맺는 형태를 취한다. 이는 '그래서 탈입니다'의 제목으로 쓴 첫 시 '골목길(1988.1, 시문학)'에서 나타난 형태 그대로 따르고 있다. 다른 시도 대체로 그런 패턴을 따르고 있다.

구체적으로 살펴보면, 71수 중 58수가 서두가 같다. 다른 13수는 '수박통보다더작은내머리속에는'까지만 동일하고, 그 다음 표현에서 '하나나가고있습니다', '하나들어있습니다', 또는 '한마리살고있습니다' 등으로 부제의 내용을 소개하는 형태를 취하고 있다. 그렇지만 중간 부분의 '그런데말입니다'는 거의 모든 시에서 동일하게 나타나 있다. 그런 표현이 없는 시는 '빈민굴'과 '이사' 2수뿐이다. 그리고 말미에서는 '그래서탈입니다'의 문장으로 일관되게 끝맺는 형식을 취하고 있다.

제6시집은 '길'로, 연작시는 '그래서 탈입니다'라는 철학으로 묶여 있다. 각 시의 소재는 달라도 강한 연결성을 가지면서 일관되게 구성되어 있다. 그 점에서는 동일한 구성이라고 할 수 있다. 그러나 연작시는 위 패턴을 가지고 일관되게 산문시로 재구성되었다는 점이 제6시집과 다르다고 할 수 있다.

연작시 71수의 부제를 소재 면에서 분류하면 다음과 같다.

생물(11수)	매미 2수, 셰퍼드, 박쥐, 노랑개, 장미꽃, 덩굴장미, 소나무, 사철나무, 무명초, 들국화
자연(12수)	산, 바다 2수, 강물, 시냇물, 옹달샘, 둑길, 돌멩이, 가을비, 눈이 옵니다, 안개, 낙엽
세월(5수)	제5계절, 5월, 세월, 팔랑개비, 영원
사물(25수)	상여, 빨래, 시골버스, 마네킹, 천칭, 한국어, 거울, 모닥불, 편지, 굴뚝, 가교, 교과서, 당구, 과수원, 청자화병, 꿈, 족보, 길, 독감, 코, 선술집, 고향, 한, 성묘, 이사
개인의 삶(7수)	어떤 인생, 조교 위에서, 독백, 옛 친구, 어떤 친구, 나는 황제, 삼대
사회문제 (11수)	골목길, 걸인, 물구나무서서, 혼혈아, 가난한 마을, 수화, 동물농장, 기적, 평화, 달동네, 빈민굴

위 표에 생물과 관련된 시는 11수다. 그 중 동물과 관련된 시는 5수이고, 식물과 관련된 시는 6수다. 동물의 경우에는 매미의 울음소리, 셰퍼드 개가 맡는 냄새, 박쥐의 생태, 개의 행위에 주목하고 있다. 식물의 경우에는 순수의 상징인 장미 2수, 지조와 절개를 상징하는 소나무, 그리고 사철나무, 들국화, 이름 없는 풀인 무명초를 그리고 있다. 자연과 관련된 시는 12수다. 그 중 자연물과 관련된 시는 8수이고, 자연현상을 표현한 시는 4수다. 이렇듯 생물, 자연의 소재가 23수로 전체 시 중에서 꽤 많은 비중을 차지하고 있다. 세월과 관련된 시는 5수다. 그 중 '팔랑개비'는 사물이지만 세월을 상징한다. '영원'은 사실상 시간을 뛰어넘는 내용이지만, 세월과 관련지어 함께 묶었다. 사

물과 관련된 시는 25수다. 가장 많은 비중을 차지한다. 시인은 사물과 관련하여 단지 사물만 노래한 것이 아니라 인생과 사회, 현대문명과 관련지어 표현하고 있다. 시인 개인으로서의 삶과 관련된 시는 7수다. 개인의 삶, 가정사, 지인과 관련된 내용으로 묶었다. 사회 문제와 직접 관련된 시는 11수다. 현대문명사회를 비판하거나 한국사회의 문제, 특히 걸인의 삶, 혼혈아 문제에 관심을 보이고 있다. 개인과 사회의 소통 문제, 세계 평화에 대한 고민도 들어 있다.

전체적으로 시인은 순수의 자연과 이에 반비례하여 오염되고 있는 현대 문명사회의 대척점 사이에서 고민하고 있고, 세월의 무상함 속에서 유한자로 사는 삶을 고민하고 있으며, 사회와 시인(개인)의 소통 불화 문제를 주된 소재로 하여 시를 썼음을 알 수 있다.

II 연작시 속에는 다음과 같은 시인의 철학이 담겨 있다

(1) 세상의 이원구조의 모순, 부조리한 삶에 대한 고민이 나타나 있다

'수박통보다더작은내머리속에는무한대의우주가하나들어있습니다.'는 시구는 과상한 표현이기도 하고 우스꽝스러운 표현이기도 하다. 수박통과 내 머리를 비교하는 표현이 재미있다. 그렇지만 이 문장은 이야기를 진지하게 풀어나가기 위한 서두로 작용한다. 우선 실제의 우주와 내 우주가 합일되지 못하고 있다. 여기서부터 부조리는 시작된다. 55수 '평화' 시에 의하면, 이 세상은 애초부터 이원구조로 되어 있다. 한쪽은 '떳떳한 길'이고 다른 한쪽은 '아라한 들판의 길'이다. '선악', '플러스와 마이너스', '하늘과 땅', '산과 들', '아담과 이브', '성당과 성당의 뒷골목 인육시장'이 그러하다. 우리는 너와 내가 합쳐서 하나가 되는 길을 찾아야 한다. 그러나 끝내 인간은 그런 길을 찾지 못한다. 그래서 소통이 이루어지지 않고 불화의 문제 상황에 빠지고 만다. 그런 고민이 작품의 주된 내용을 이루고 있다.

'골목길'에서 내 우주 속에는 무한대의 우주가 들어 있지만, 내 우주에는 도로가 나 있지 않은 모순이, '빨래'에서 어제와 오늘을 위해 빨래를 횃대에 말리지만, 요상한 바람이 의복의 껍데기만 말려놓고 알맹이는 젖은 상태로 서울 거리마다 오가고 있는 모순이, '제5계절'에서 우리가 살고 있는 우주는 4계절인데, 내 머릿속의 우주는 제5계절인 모순이, '바다'에서 바다는 사랑과 관용으로 세상의 일체를 활짝 열어놓은 대문과 같은데, 스스로 예술품은 창조할 수 없는 모순이, '기적'에서 세상은 기적으로 꽉 차 있는데, 마리아의 기적은 찾아 볼 수 없는 모순이, '무제'에서 문명은 높아 가는데 반비례하여 순수는 땅에 깔리는 모순이, '무명초'에서 무명초처럼 사는 존재가 큰 이름을 갖고 싶어 하는 모순이, '들국화'에서 들국화를 키워줄 자양분은 이 세상 아무데도 없는데 높은 콧대에 서리는 오기는 여전한 모순이, '세월'에서 실제의 우주는 유한한데, 내 우주는 죽지 않는 모순이, '청자화병'에서정성을 다해 화병을 만들었는데, 정작 청자화병에 걸맞은 꽃이 없는 모순이, '동물농장'에서 인간들이 동물의 조상을 따라다녔으면서도 이제 와서 만물영장인 양 짐승들을 학대하는 모순이, '돌멩이'에서 은행은 마대 속에 지폐 뭉치를 넣고 있는데, 걸인은 같은 마대 속에 생활을 꾸려 넣는 모순이, '어떤 인생'에서 인제 살만하다고 느낄 때 저승으로 가는 모순이, '물구나무서서'에서 서울 거리의 모습은 휘황한데, 그 속에 사는 사람들은 수렁에 빠져 허우적거리는 삶을 사는 모순이, '독감'에서 독감에 걸린 환자와 똑같이 독감에 걸린 채 처방을 내리는 의사와 약사의 모순이. '옛 친구'에서는 친구의 아내가 무색옷을 입고 멍에에 짓눌려 등이 모로 굽었는데도, 가난한 사람에게 복이 오지 않는 모순이 얽혀 있다. 이런 모순의 집합체가 시인의 머릿속에 함께 살고 있다.

이는 시인의 삶에 있어서도 불합리로 작용한다. '매미'에서 매미는 한여름 속 시원하게 우는데, 시인은 속 시원히 울 수 없는 모순이, '장미꽃'에서 장미꽃의 미소는 아름다운데, 비뚤어진 넥타이를 매고 사는 나의 모순이, '가을비'에서 밖은 눈물보다 진한 가을비가 내리는데, 내 가슴 속에는 피보다 진한 가을비가 내리는 모순이, '거울'에서 거울 속에 비친 나의 모습은 합장하는 성자 같은데, 또 하나의 나의 모습은 추한 몰골을 보이는 모순이, '모닥불'에서 모닥불은 구원의 정화같이 타오르는데, 내 가슴 속의 모닥불은 풍전등화처럼 가물거리는 모순이, '낙엽'에서 낙엽은 또 하나의 낙엽을 위해 지고, 사람은 가면 못 오는

존재라는 자연의 이치가 분명함에도 불구하고 내 인격은 뒷받침을 못 해주는 모순이, '덩굴장미'에서 덩굴장미는 저리 고운 맘씨로 지순한 삶을 보여주는데, 나는 생활고에 시달리는 모순이, '이사'에서 이제 겨우 어치를 마련했는데 아직도 영혼의 닫집은 없는 모순이, '독백'에서 하나의 씨알이 움터 몇천 배의 염원으로 퍼지는데, 메아리는 없는 모순이, '나는 황제'에서 나는 절대적인 존재인데, 백성은 퇴진을 요구하는 모순이, '꿈'에서 나는 할 일이 많은데 세월은 짧은 모순이, '눈이 옵니다'에서 세상 사람들은 취하고 흐린 상태인데, 나만 깨어 있고 맑은 상태인 모순이, '조교 위에서'에서 수확을 노리고 살아온 삶인데, 빈 자루만 들고 서 있는 모순이, '족보'에서 나는 한두 가지 빼고는 거의 다 되면서도, 나이면서 나 아닌 때가 훨씬 많은 모순이, '길'에서 나는 종으로 횡으로 걷지만, 결과적으로 얻는 것이 없는 모순 등이 얽혀 있다. 시인은 세상의 이런 부조리와 삶의 불합리를 온몸으로 느끼면서 그 고민을 토로하고 있다.

(2) 현대 문명사회에 대한 강렬한 비판 의식이 나타나 있다

시인은 현대문명에서 위기의식을 느끼고 있다. 시인은 이 세계가 무게를 재는 '천칭'이 고장 나 있는 상태로 보고 있다. 이 천칭은 아무리 무거운 추를 올려놓아도 끄덕하지도 않는다고 한다. 현대 문명사회가 이미 평형을 잃은 것이다. 그 이유는 현대문명사회가 순수를 잃은 데

있다고 진단한다.

시인은 '한국어'에서 시인은 안경이 없을 때와 안경을 쓸 때를 구분하고 있다. 안경이 없을 때는 아름드리 당산 나무 밑에 무지는 순수로 통하고 순수는 인정의 꽃을 피웠다. 안경이 생기고 나서는 문명은 자꾸만 하늘로 치솟고 사람들은 오그라져서 땅바닥을 기어 다니고 있다. 빌딩이 올라간 만큼 자연은 빛을 잃는다고 했다. '소나무'에서 예전의 소나무는 독야청청 하는 기상을 보여 주었는데, 현대 여성들은 빨간 매니큐어로 치부를 가리고, 속눈썹으로 순수를 가리고 있다고 한다. '코'에서도 현대문명은 엘리베이터를 타고 하늘로 올라가는데 비해 어제의 순수는 땅바닥에 깔리어 짓밟히고 있다고 한다. 그래서 내 코가 석자 두 치나 빠져 있다고 한다. '안개'에서는 자가용 헤드라이트 불빛이 한국의 할렘가에서 쏟아져 나온 안개 때문에 아직도 출구를 찾지 못하고 있다. '어떤 친구'에서 순수한 그 친구는 세상의 요상한 온갖 냄새를 다 맡는데, 자신에게서는 통 고린 냄새가 나지 않는다고 한다. '바다'에서 바다는 평화 사절단을 육지에 보내어 달변의 혓바닥으로 답답한 심정을 토로하지만, 인간은 그 뜻을 이해를 하지 못하고 있다고 한다.

이렇듯 순수를 잃은 현대문명사회는 본연의 모습을 상실하고 있다. 하늘의 섭리가 마치 고장 난 첩보위성처럼 각 계절의 본연의 모습을 상실하고 있고 민주주의와 공산주의가 공존하듯이 4계절이 공존하고 있다고 비판하고 있다. 마치 게오르규의 소설 '25시'처럼 위기의 시대가 도래하고 있다고 진단하고 있다.

환경오염의 폐해에 대해서도 심각한 문제의식을 갖고 있다. '강물'에서 뭇 생물의 서식처이던 강물이 좀씩 흐려지고 이제는 완전히 흙탕물로 변해서 피라미 새끼는 고사하고 고래도 잘 안 보일 지경이라고 비판하고 있다. '옹달샘'에서는 마구 중금속 물질을 흘러 보내서 땅속에서부터 더럽힌 재벌이나 여우가 제발 옹달샘에는 내려오지 말라고 경고하고 있다. 이런 환경오염은 삶의 서식처 파괴 현상으로 귀결된다. '산'에서 예전에는 에덴동산보다 더 평화로웠던 원시림이 이제 나무들이 낙엽이 지고 짐승들의 삶의 공간이 상실된 벌건 산이 되었다고 고발하고 있다.

(3) 가난한 자와 소외된 자에 대한 관심을 보여 주고 있다

시인의 시선은 현대 문명을 상징하는 고층 건물, 고속도로, 자동차, 공장의 굴뚝에 향해 있다. 이는 비판의 시선이다. 그렇지만 시인은 한편으로 가난한 자와 소외된 자에 초점을 맞추고 있다. 그 시선은 골목길, 시골버스, 빈민굴인 달동네, 혼혈아, 가난한 마을, 이조 여인, 걸인, 시인의 가난한 옛 친구로 향한다. 이는 연민의 시선이다.

시인은 현실의 모순 속에서 가난과 소외의 해결의 길이 보이지 않는 안타까움을 피력하고 있다. 그래서 가난한 사람과 불쌍한 사람들만이 모여 사는 골목길은 마치 헝클어진 실꾸리처럼 엉켜 있다. 그래서

그 길에서 벗어날 길을 찾지 못하고, 도시 버스를 타는 승객과 시골 버스를 타는 승객이 왜 차별을 당해야 하는지 이해하지 못하고, 빈민굴인 달동네에서는 몽유병 환자가 없고 달동네 밑에는 몽유병 환자가 많은 것을 이해하지 못하고, 가난한 마을에서는 가난한 마을이 재벌의 땅 투기에 걸려서 그만 죄다 헐려야 한다는 사실을 이해하지 못하고, 이조 여인에서는 왜 그리 한스러운 삶을 살고 말없이 길섶에 잠들고 있는지 이해하지 못하고, 같은 마대 속에 넣는 것은 같은데 은행과 걸인의 삶은 왜 그리 다른지 이해하지 못한다. 시인은 그런 모순 속에서 소외되고 가난한 사람들에게 각별한 관심을 표하고 있다.

(4) 세월 속의 시인의 시름이 나타나고 있다

시간의 흐름과 죽음은 어느 누구도 막을 수 없다. '상여'에서는 세월에 추방당한 이방인이 초라한 상여로 나가고 있고, '영원'에서는 영원은 영원일 뿐 아무도 모르는 것인데도, 주제 넘는 사람들이 함부로 영원이란 말을 남용한다고 나무라고 있고, '5월'은 구원으로 향하는 한 점 완성된 화폭 같은데, 이제 계절의 진행을 멈춰버리고 있다고 안타까워하고, '고향'에서 어릴 적 고향의 대숲은 여전히 사운대어도, 하얀 귀밑머리 날리는 지금에 와서의 고향은 낯설어 허전한 마음뿐이고, '과수원'에서는 어릴 적에 심은 사과나무가 지금에 와서는, 낙과를 재촉하고 산성의 결정체인 사과만 남아 있고, '팔랑개비'에서는 앞뒤로회전하는 팔랑개비가 앞으로만 돌아가고 뒤로는 돌아가지 않고, '성묘'에서는 전에는 하루면 몇 번씩 부모님께 성묘를 갔는데 이제 할아버지가 되어 성묘를 안 간다고 한다. 이런 시각은 동물에게도 미친다. '매미 II'에서 옛날의 매미는 그냥 울지만 현대의 매미는 울어도 풀리지 않을 오늘의 서러움이 있다고 한다. 하지만 현대의 매미들도 오늘을 울어야 할 의무가 있다고 인정한다. 시인은 시름을 자신의 감정만으로 호소하는 것이 아니라 하나의 의무로 인식하고 있으며 시선을 자신에게만 두는 것이 아니라 사물에 투영하여 바라보고 있다.

(5) 시인의 세상과의 불화, 의사소통의 부재가 나타나고 있다

시인과 사회는 의사소통이 잘 이루어지지 않고 있다. 그 원인은 개인에게서 찾을 수도 있고, 사회에서도 찾을 수 있다. 이런 문제 상황은 시인을 외롭게 하고 힘들게 하고 있다.

'마네킹'에서 현대 문명의 산물인 마네킹은 알맹이가 없어서 서글픈 존재이지만, 자신은 껍질이 찢어져서 외롭고, '박쥐'에서 길짐승에서도 날짐승에서도 쫓겨난 박쥐에게 악의 씨앗인 아메바를 먹이려고 하지만, 박쥐란 놈은 선의 새 순을 잘라먹고 아메바를 분비물로 내놓고 있으며, '선술집'에서는 선술집에서 삶의 처방전을 찾으려고 하지만, 권태와 실의의 대화만 남는 상황이 되살아 남고, '시냇물'에서 봄, 여름, 가을의 정화는 스스러운데, 겨울은 난간에 홀로 서서 조종을 듣고 있고, '편지'에서 내 마음을 담아 쓴 사연을 우체통에 넣어 답장을 간절히 기다리지만, 이 소식을 전해 줄 까치는 영영 오지 않고, '가교'에서 우리가 서로 만나서 고래 등과 같은 집을 지어야 하지만, 그게 맘뿐으로 끝이 나고, '삼대'에서 어린이와 할아버지 그 사이에 우두커니 서서 생활의 무거운 짐을 지고 있고, '교과서'에서 꼭 같은 사연만 되풀이되는 사회에서 살고 있고, '당구'에서 고독이 지겨워서 당구를 쳤는데, 고독은 고독대로 여전하고, '노랑개'에서 내 마음을 알고 싶어 당나귀 귀를 그려 놓았는데, 노랑개는 이건 내 마음이 아니라 저들의 마음과 같다고 그 위에다 오줌을 갈겨 버리고, '수화'에서 내가 소속한 부대는 이미 후퇴해 버렸는데, 혼자서 좌충우돌 목숨을 걸고 싸우다가 광막한 광야에 홀로 낙오병이 되어 먼 산의 부대와 수화를 하고 있고, '둑길'에서 진한 내 마음을 받아 줄 곳을 찾지 못해 밤 혼자서 둑길을 걷고 있다고 한다. 이는 분명 현대 문명사회 속에 사는 현대인들의 숙명과도 같은 것이지만, 시인과 사회의 불화 속에서, 의사소통이 부재한 사회에서 살고 있는 시인은 외롭고 괴로울 뿐이다.

Ⅲ 맺음말

연작시의 메시지는 분명하다. 시인은 시 속에서 현대인들에게 세상의 이원구조의 모순을 보여주고 있고, 부조리한 삶을 살 수밖에 없는 실존적 고민을 표현하고 있다. 또한 현대 문명사회가 그간 우리가 지녀온 순수를 상실하게 한 것에 대한 강렬한 비판 의식을 보여 주고 있다. 문명사회에서 소외된 자, 가난한 자에 대한 각별한 관심을 보여 주고 있다. 우리는 세상과의 불화, 의사소통의 부재 속에 해결 방안이 보이지 않는 비극 속에서 살고 있다. 시인은 무한한 시간과 줄다리기 하며 사는 시름을 시에서 보여 주고 있다. 그러한 신념과 철학을 일관되게 표현함으로써 현대문명과 현대인들에게 경고하고 설득하고자 한다.

<기노을 시인 연보>

연도	창작 활동	비고
1926.12.9	출생	전라남도 담양군 수북면 대방리 기관도, 유귀녀의 차남
1944.8	고국故國	만주 봉천중학교 재학
1944.10	산천山川	한만국경
1945.8.15	선방鮮放	
1945.8	삼팔선三八線	전남 담양
1945.10	희망	
1947.8	임자도, 낙월도	임자도, 조선대학교 재학
1949.3	향수鄕愁	전주
1950.3	봄의 유혹	광주
1950.5	유원지, 축 졸업, 매춘부, 어떤 여학생, 짝사랑, 만경대	광주, 전주, 조선대학교 졸업
1950.6	임로林路, 유원지의 여름, 딸기	광주, 6 · 25 발발
1950.9	말 못할 사연	광주
1951	파리, 매미, 현금玄琴, 김구 선생님 일주기에	전주
1951	아사餓死	재載 광주일보
1951	비상, 등잔 밑, 걸식, 인심, 인심(김병연의 한시와 번역시), 경계선	국민방위군 근무(사천, 진주, 산청, 함양)
1951	운봉 땅	운봉
1951	왕소군(한시와 번역시)	전주
1951.12.16		오상수의 장녀 오정과 결혼
1952	신묘 송년부, (? 불명), 순아, 결혼	전주
1953.2	애가 울어, 누이, 고아孤兒, 걸아乞兒	전주
1953	증贈 안일	금융조합 사직 시
1953.3	집 두 채, 새옹지마塞翁之馬	부안읍 교외/남원
1953.4	쌍치, 개구리, 맹꽁이, 둔전리, 괴상한 인간	순창 팔덕
1953.5.7	봉아鳳兒	장남 우현 출생, 아명 '봉아'
1953.6	못난이로소이다, 들국화	전주
1953.7	벗의 주검, 절벽	전남 강진/광주
1953.8	추석달, 병柄아, 밤재	전주/전주/순창

연도	창작 활동	비고
1953.11	동장군冬將軍, 시골 애, 차속 삼등차	전주/옥과/호남선
1953.12	쌍치	순창
1954.1	누이의 결혼을 축하하며	전주
1954	어머니	문단에 등단
1955.4.7		군산 남중학교 교사 부임
1962	꽃병 - 김오순에게	고부중학교 재직
1962	내소사來蘇寺, 밤알, 선운사	
1962.12	눈	
1963.7	플라타너스	
1963.10	자취, 벼	
1963.11	낙엽	
1965.5	마음의 호수, 소가 웃는다, 카나리아	군산 남중학교 재직
1965.6	예전엔 미처 몰랐어요, 바다, 변화	
1965.7	여름날, 파라솔 밑 여인	
1965.8	S · O · S, 가로수, 해수욕장	
1965.9	비를 맞으며, 오식도	
1965.10	추풍령, 불국사의 종소리, 토함산 해맞이	
1966.1	난 허수아비로소이다, 나도 몰라요, 눈아 와라, 노름꾼, 통금 사이렌, 단풍, 겨울 길, 산, 바람	
1966.2	까마귀, 입춘立春, 문패門牌, 비 오는 아침, 겨울밤의 달, 시냇물, 깊은 밤, 밤의 파도	
1965.6	예전엔 미처 몰랐어요, 바다, 변화	
1965.7	여름날, 파라솔 밑 여인	
1965.8	S · O · S, 가로수, 해수욕장	
1965.9	비를 맞으며, 오식도	
1965.10	추풍령, 불국사의 종소리, 토함산 해맞이	
1966.1	난 허수아비로소이다, 나도 몰라요, 눈아 와라, 노름꾼, 통금 사이렌, 단풍, 겨울 길, 산, 바람	

연도	창작 활동	비고
1966.2	까마귀, 입춘立春, 문패門牌, 비 오는 아침, 겨울밤의 달, 시냇물, 깊은 밤, 밤의 파도	
1967.2	초설初雪, 평행선平行線	시신詩神 1집, 도정道程
1967.7	푸라타너스	도정道程
1969.2	분화구噴火口	도정道程, 남원중학교 재직
1969~1973		남원 '햇보리문학동인회'의 고문
1969.7	시원始原의 숲길	전북문학 1집
1969.9	호연지기浩然之氣(수필)	전북문학
1969.10	엑스트라, 고엽枯葉	전북문학
1970.1	들꽃	전북문학
1970.3	눈자욱, 한벽루寒碧樓	전북문학
1970.8	어머니	전북문학
1970.11	자벌레	전북문학
1970.12	팔품사八品詞의 노래	전북문학
1971.	시선집 '밀림대密林帶'에 작품 발표	
1971.4	여로旅路	약진전북
1971.7	조감도鳥瞰圖, 과녁貫革	전북문학
1972.1	D.M.Z	전북문학
1972.8	종달새	햇보리문학동인회 찬조시
1973.5	자화상自畵像	전북문학
1973.6	부활復活	시지 '풀과 별' 1회 추천
1973.9	어항, 자벌레	시지 '풀과 별' 천료
1973.9	밤은	햇보리문학동인회 찬조시
1974.4	평교사는 외롭지 않다(교단수기)	새교육 4월호
1974.6	설날	문교월보
1974.7	나의 시계는, 감꽃	풀과 별
1974.9	수첩에 잠든 편린片鱗의 인광燐光이 〈나는 이렇게 시를 쓴다〉	풀과 별
1975.4	갈대, 영어囹圄, 폐허, 슬픈 역정歷程, 이방인異邦人, 다방낙수茶房落穗, 고총古冢, 묘비墓碑, 이 천칭天秤은, 마네킹, 가을비, 비상구非常口, 기도, 상여喪輿, 보리, 이슬, 입추立秋, 돌담, 철책鐵柵, POST, 그 여인은, 빨래, 소리, 봄이 오면, 능금, 봄의 측정測定, 방증傍證, 단풍丹楓, 국, 동백冬柏	제1시집 '부활復活' 간행 1967년~1975년의 시 60수 수록 호: 노을 한국문인협회 회원 현대시인협회회원 외솔회 회원 남원고등학교 재직
1976.7	어부가漁夫歌	월간문학
1977.1	거울	전북문학

연도	창작 활동	비고
1977.5	잣	전북문학
1977.11	선술집	전북문학
1978.4	안경, 순교자殉教者, 의식意識의 강江,낙엽落葉과 바람의 대화對話, 노랑나비와 여인女人, 새 순, 뒷골목, 기적奇蹟, 광인狂人, 모리개, 박쥐, 등산登山, 다도해多島海, 한려수도閑麗水道, 적선지대赤線地帶, 금, 모닥불, 일기예보日氣豫報, 가로수街路樹, 나는 시계時計, 마음의 분신分身, 요천수蓼川水(1)~(4), 무제無題, 빈민굴貧民窟(1)(2), 토요일土曜日, 일요일日曜日, 그림자, 옹달샘, 차車에 친 소녀가장少女家長, 마음을 닦자, 오동도梧桐島, 첫 발언發言, 슈사인보이, 굴뚝, 편지, 카인의 후예後裔, 언약言約, 백마강白馬江, 꽃, 사월四月, 오월五月, 포플러, 가을소리, 설날, 삼락三樂, 기차표, 사철나무, 기적汽笛, 걸인乞人, 봄의 공정工程	제2시집 '가교架橋의 이미지' 간행 1975년~1978년의 시 60수 수록 순창여자중학교 재직
1978.6	동양자수東洋刺繡	전북문학
1978.12	소묘素描	전북문학
1979.5	독백獨白, 낙엽落葉, 통근 길	전북문학
1979.9	주름살	전북문학
1979.10		주택 마련 관악구 봉천동 635-144
1980.4	수학數學, 밤의 의미意味	전북문학
1980.6	이사移徙, 무명초無名草	전북문학/ 남원문학
1980.10	일장연단日長年短, 어느 가난한 마을에서	전북문학
1980.12	동행同行	남원문학
1981.4	영원한 소녀少女	남원문학
1981.10	독감毒感	월간문학
1982.4	과원果園에서, 당구撞球, 귀뚜라미, 아내여, 새아기, 파마머리, 바람의 초상화肖像畵, 눈이 내리는데, 덩굴장미, 들국화, 밤의 파도波濤, 과도기過渡期, 교과서教科書, 카렌다, 오관五官, 냉장고, 돼지의 찬미讚美, 가을소묘素描, 신록新綠, 달을 보면, 무제無題, 새 봄, 봉선화, 이야기, 적성교赤城橋에서, 혼혈아混血兒, 삼대三代, 고향故鄕(1)(2), 달, 도깨다리, 소풍, 비둘기, 그리움, 빨간 신호등信號燈, 어느 정상頂上, 행로난行路難, 효행비명孝行碑銘, 교통사고交通事故, 물구나무서서, 명정酩酊, 어부가漁夫歌, 비명碑銘	제3시집 '무명초無名草' 간행 1978년~1982년의 시 60시 수록 남원농업고등학교 재직

연도	창작 활동	비고
1982.2	세월을 갈아서	남원문학
1982.11	농장農場, 목장牧場	전북문학
1983.1	옛 친구	월간문학
1983		교직 퇴임
1983~1992	만가輓歌 채집 및 기록	제주도, 호남, 호서 지방 만가
1984.1	장미, 조각달	시문학
1984.2	상선商船	현대시학
1984.3	정자亭子나무여	현대문학
1984.7	장미꽃	월간문학
1985.4	매미, 황소가 쓴 시詩, 목욕탕, 낮달, 스핑크스 문명文明, 딸(1)(2), 빨래, 김장, 소나무, 아파트, 역설, 제5계절, 시골버스,	제4시집 '세월을 갈아서' 간행
	표본조사, 영원한 소녀, 함박눈, 첫눈(1)(2), 넥타이, 첫 대면對面, 할아버지와 손자, 연못가에서, 참으로 희한한 일이었다, 요상한 바람이 부는 날에는, 가을 소묘素描, 어떤 친구, 보석寶石과 시詩, 새벽, 와가瓦家, 바다, 청소부淸掃夫, 불모不毛의 땅, 평화平和, 불면증不眠症, 베짱이, 걸인乞人, 교단敎壇에서, 달동네, 일기日記, 제3의 물결, 방파제防波堤, 영원永遠, 안개, 길(1)(2), 은행, 무인도, 뚝길	1982년~1985년의 시. 60수 수록 호: 노을 국제 PEN클럽 회원 신문예협회 회원 한일친선문인회 이사 호남문학회 이사
1985.5	돌멩이	월간문학
1985.6	시골버스	현대시학
1985.7.1	고적 답사 기록 (남원시부터~)	제주도, 호남, 호서, 경기도 일부
1985	구토嘔吐	신문예
1985.7	시인詩人과 공동묘지共同墓地	신문예문학상 수상(1986.1.20)
1985.10	쇠꼬챙이(수필)	소설문학
1985.12	물구나무서서, 고속버스에서/ 동물농장	신문예. 호남문학 창간호
1986~1988		기씨 종친회 이사
1986.4	번데기	월간문학
1986.5	송시頌詩	종보宗報 창간호
1986.10	행주기씨선세추모제단(추도문)	종보 제2호
1986.10	손양루(기건 한시 번역시)	종보 제2호
1987.4	정무공은 영암에 내려가셨다(산문)	종보 제3호
1987.9	고봉高峰 기대승 선생(산문)	종보 제4호
1988.4	승대장僧大將 기응준회은선사비를 찾아서(산문)	종보 제5호

연도	창작 활동	비고
1986.6	해장국, 비석碑石/ 우주의 세포	현대시학, 동서문학
1986.7	족보	신문예
1987.1	비각碑閣/ 이빨을 간다, 한	동서문학, 시문학
1987.2	올가미, 골목길, 어떤 인생, 미행微行의 역사, 수화手話	호남문학
1987.2	백이현伯伊縣 옛터	백제문예 창간호
1987.3	비닐	월간문학
1987.2	사리舍利, 개(1)(2)/ 세월	신문예, 남원문학
1987.10	나는 황제	문학정신
1988.1	꿈, 그래서탈입니다	시문학
1988.3	교통순경/ 어쩔 것이냐, 윤나潤那	한국시, 신문예
1988.4	조교弔橋 위에서, 세탁소	예술계
1988.5	성묘, 쇠꼬챙이 담장, 심포深浦의 갈매기, 하늘의 섭리, 환자, 코스모스, 어디로 갈거나, 보이지 않는 길, 나 얼마나 좋으랴, 평화, 화장터에서, 눈을 맞으며, 구열부답해순절비九烈婦踏海殉節碑, 무제, 바다, 내 친구 R은, 매미, 조춘早春, 청자화병青瓷花瓶, 스승, 전쟁의 역사, 길, 터널, 홍도, 벙어리 냉가슴, 팔랑개비	제5시집 '시인詩人과 공동묘지共同墓地' 간행 1985년~1988년의 시. 60수 수록 당호: 석산재石山齋
1988.2~6	'만가輓歌를 찾아서'의 연재	시문학
1989~	'그래서탈입니다'의 연작시(71수)	'석산시고石山詩稿'에서
1989.3 ~1993.9	고적기古蹟記 '옛 사적史蹟을 찾아서'	한국철도 〈철도청〉에 연재
1989~	한강수漢江水, 신문, 보릿고개, 구상構想, 의마송義馬頌, 부활復活의 꿈, 철새가 한강漢江을 떠나는 까닭은, '아아, 광주光州여', 노랑개, 문명이란 고름이다, 조춘早春, 백호白湖 임제林悌 선생 묘소에서	'석산시고石山詩稿'에서
1989,5	사과/ 철조망鐵條網	한국시, 월간문학
1989.9	동양화東洋畵, 달빛이 없는 밤은	시문학
1988.4	조교弔橋 위에서, 세탁소	예술계
1988.5	성묘, 쇠꼬챙이 담장, 심포深浦의 갈매기, 하늘의 섭리, 환자, 코스모스, 어디로 갈거나, 보이지 않는 길, 나 얼마나 좋으랴, 평화, 화장터에서, 눈을 맞으며, 구열부답해순절비九烈婦踏海殉節碑, 무제, 바다, 내 친구 R은, 매미, 조춘早春, 청자화병青瓷花瓶, 스승, 전쟁의 역사, 길, 터널, 홍도, 벙어리 냉가슴, 팔랑개비	제5시집 '시인詩人과 공동묘지共同墓地' 간행 1985년~1988년의 시. 60수 수록 당호: 석산재石山齋

연도	창작 활동	비고
1988.2~6	'만가輓歌를 찾아서'의 연재	시문학
1989~	'그래서탈입니다'의 연작시(71수)	'석산시고石山詩稿'에서
1989.3 ~1993.9	고적기古蹟記 '옛 사적史蹟을 찾아서'	한국철도 〈철도청〉에 연재
1988.4	조교弔橋 위에서, 세탁소	예술계
1988.5	성묘, 쇠꼬챙이 담장, 심포深浦의 갈매기, 하늘의 섭리, 환자, 코스모스, 어디로 갈거나, 보이지 않는 길, 나 얼마나 좋으랴, 평화, 화장터에서, 눈을 맞으며, 구열부답해순절비九烈婦踏海殉節碑, 무제, 바다, 내 친구 R은, 매미, 조춘早春, 청자화병青瓷花瓶, 스승, 전쟁의 역사, 길, 터널, 홍도, 벙어리 냉가슴, 팔랑개비	제5시집 '시인詩人과 공동묘지共同墓地' 간행 1985년~1988년의 시. 60수 수록 당호: 석산재石山齋
1988.2~6	'만가輓歌를 찾아서'의 연재	시문학
1989~	'그래서탈입니다'의 연작시(71수)	'석산시고石山詩稿'에서
1989.3 ~1993.9	고적기古蹟記 '옛 사적史蹟을 찾아서'	한국철도 〈철도청〉에 연재
1989~	한강수漢江水, 신문, 보릿고개, 구상構想, 의마송義馬頌, 부활復活의 꿈, 철새가 한강漢江을 떠나는 까닭은, '아아, 광주光州여', 노랑개, 문명이란 고름이다, 조춘早春, 백호白湖 임제林悌 선생 묘소에서	'석산시고石山詩稿'에서
1989,5	사과/ 철조망鐵條網	한국시, 월간문학
1989.9	동양화東洋畵, 달빛이 없는 밤은	시문학
1990.5	한국만가집韓國輓歌集 - 호남·제주편湖南濟州篇 奇老乙 편저編著	165편의 만가 수록 청림출판사, 한국도서상 수상
1990	정서는 호롱불이다(수필)	
1990.9	만가 채록의 먼 길(수필)	신동아
1991.2	고적기古蹟記 - 신안도서지방의 유적을 찾아서 -	시문학
1991.2	병원病院/ 난파선難破船	월간문학, 문예사조
1991.4	장승, 놀부의 박, 구원의 노래, 서울의 거리, 어머니, 영원永遠한 평행선平行線, 불지사佛智寺로 가는 길, 길의 이미지	제6시집 '서울특별시민은 특별히 제작한 휠체어를 밀고 간다' '길'의 제목으로 61수 수록
1992.1	안면도의 막떼 이불 덮기	시문학
1992.3	신문예협회 지도위원 선임	
1992.4	자작시 해설 '끝없는 여로에 서서'	한국시
1992.12	상여놀이- 충청북도 중원 괴산 지방을 중심으로 -	시문학
1993.9.22	숙환으로 별세	전남 담양군 금성면 외추리에 묻히다.